書下ろし

組長殺し

警視庁迷宮捜査班

南 英男

祥伝社文庫

目次

第一章　射殺の背景

1

罵声《ばせい》が交錯《こうさく》した。

男たちが怒鳴《どな》り合っている。新宿歌舞伎町《しんじゅくかぶきちょう》のさくら通りだ。

三月上旬の夜である。九時過ぎだった。

尾津航平《おづこうへい》は足を止めた。

睨《にら》み合っているのは、七人だった。二、三十代だろう。いずれも日本人ではなかった。

四人は、中国語混じりの癖のある日本語を操《あやつ》っている。その四人と対峙《たいじ》している三人は黒人だった。遣《や》り取《と》りから察して、ガーナ人らしい。

双方とも荒《すさ》んだ印象を与える。まともな外国人ではないのだろう。

「おまえたち、歌舞伎町で麻薬《ドラッグ》売っちゃいけない」

中国人と思われる三十代半《なか》ばの男が、上背のある黒人に言った。

「このあたりは、関東誠和会《せいわかい》稲葉組《いなばぐみ》の縄張りのはず。上海《シャンハイ》グループの領域《テリトリー》じゃない。いちいち中国人に挨拶《あいさつ》する必要ないね」

「ボスの楊《ヤン》は、稲葉組の組長と友達よ。だから、わたしたち、おまえらに文句言った。ガーナの不良《ワル》たち、目障《ざわ》りね」

「おまえらこそ、上海に帰れ！　でかい顔してると、ナイジェリア人グループと一緒に上海マフィアの連中を皆殺しにするぞ。それでもいいのかっ」

「アフリカ出身のチンピラどもなんか、ちっとも怖くないよ。悪いビジネスつづけてると、おまえらの黒い皮膚《ひふ》を剃刀《かみそり》で……」

「その前に、おまえのペニスをナイフで切り落として口の中に突っ込む。おまえ、李《リー》という名前だろ？」

「そうだ。おまえの名は、タモスだったな。南アフリカで仕入れた覚醒剤《スピード》をメキシコ経由で日本に入れてること、わたし、知ってるね。早くガーナに帰らないと、警察に密告するよ」

李《リー》がタモスに言って、仲間の三人に目配せした。

三人の中国人は李《リー》の手下なのだろう。彼らは相前後して、タモスたちに殴りかかった。ガーナ人たちが応戦する。ストリート・ファイトが繰《く》り広げられはじめた。

パンチの応酬がつづく。いつの間にか、野次馬が群れていた。

だが、誰も制止しない。それどころか、双方をけしかける者さえいた。

尾津は、しばらく様子を見ることにした。

三十八歳の彼は、現職の刑事だ。警視庁捜査一課強行犯《きょうこうはん》捜査第二係の一員である。

第二係は、未解決事件を専門に継続捜査する部署だ。尾津は、一年十一カ月ほど前に新設された迷宮捜査班分室のメンバーだった。

非公式の分室が設置されるまで、彼は渋谷《しぶや》署刑事課強行犯係の主任を務《つと》めていた。敏腕刑事として活躍し、数々の凶悪事件を解決させた。警視総監賞を授《さず》けられたのは一度や二度ではない。

といっても、尾津は決して点取り虫ではなかった。出世欲はない。無頼派で、血の気が多かった。現に、妻の不倫相手を半殺しにしている。

相手の男は人妻を寝盗《と》った後ろめたさがあったからか、ついに被害届は出さなかった。それで、尾津は懲戒免職にはならずに済んだ。

しかし、不祥事は渋谷署の署長に知られてしまった。当然、ペナルティーは科せられるだろう。尾津は、そう覚悟していた。

浮気妻と離婚した翌月、彼は人事異動で意外にも本庁勤務になった。

左遷《させん》どころか、栄転ではないか。いったいどういうことなのか。尾津は、わけがわからなかった。何か気味が悪くもあった。

転属になった分室は、癖のある刑事たちの吹き溜《だ》まりだった。尾津は体《てい》よく所轄署を追い出されたことを覚《さと》ったが、別に不満ではなかった。食《は》み出し者の自分には案外、居心地がいいかもしれない。そういう期待も膨《ふく》らんだ。

本家筋に当たる第二係は、ベテラン捜査員が多い。経験が豊かでなければ、務まらないからだ。若くない分、どうしてもフットワークは重くなってしまう。動ける若手を集めるという名目で分室が誕生したわけだが、実は窓際部署だった。

分室室長の能塚隆広《のうづかたかひろ》警部は、一年後に停年を控えている。古いタイプの刑事だ。五十九歳になったばかりの能塚はDNA型鑑定に頼りがちな科学捜査に不満を洩《も》らし、刑事の第六感を信じている。かつて誤認逮捕をしてしまった苦い体験を持ちながらも、自分の経験則を棄《す》てようとしない。

頑迷《がんめい》である。室長は、めったに他人の意見には耳を傾けない。面倒臭い上司だが、人情味はある。それが救いだった。

主任の勝又敏《かつまたさとし》は、典型的な公務員タイプだ。職務に熱く励む姿を見せたことがない。ルーチン・ワークはこなしているが、仕事に対する責任感はなかった。

職階は尾津と同じ警部補だ。四十二歳だが、ずっと若く見える。童顔で、大学生に見られることもあるらしい。

勝又は上昇志向が強く、これまで幾度も昇進試験を受けてきた。しかし、未《いま》だに警部になれない。警察官は筆記試験で満点を採っても、必ずしも昇級できるわけではなかった。上司たちの評価が合否を左右するからだ。

勝又は社交下手で、協調性がない。

いわゆるオタクで、現在は〝ももいろクローバーZ〟の熱狂的なサポーターだ。ちょくちょく仮病《けびょう》を使って、アイドルユニットのライブ会場に駆けつけている。

まだ独身だ。恋愛には関心がないようだが、ゲイではなかった。だが、変わり者であることは間違いない。

白戸恭太《しらときようた》巡査部長は元暴力団係刑事だ。分室のメンバーになるまで、本庁組織犯罪対策部第五課で麻薬の取り締まりをしていた。もっぱら潜入捜査に従事し、それなりの手柄を立てたようだ。

白戸は巨漢で、やくざっぽい風体《ふうてい》だ。粗野そのもので、上司や先輩刑事に敬語を遣《つか》うこ

とは少ない。尾津も型破りな生き方をしているが、白戸はさらにアナーキーだった。捨て身で、とことん開き直っている。

　白戸は暴力団と繫《つな》がりのあるクラブ、風俗店、秘密カジノで只《ただ》で遊び、時には〝お車代〟もせしめているようだ。本人はそれを認めていないが、きわめて疑わしい。

　白戸は三十五歳だが、三つ年上の尾津のことを単なる同僚と思っているのだろう。時たま丁寧語で喋《しゃべ》ったりするが、普段は友人のような接し方をしている。

　生意気なのだが、どこか憎めない。社会的弱者や年寄りを労《いたわ》っているせいだろうか。根は心優しいのだろう。

　乱闘は収《おさ》まりそうもない。

　タモスに顔面を殴打《おうだ》された李《リー》は、鼻血を垂らしていた。不良中国人に股間《こかん》をまともに蹴られたタモスの仲間は路上にうずくまって、呻《うめ》いている。

　そろそろ仲裁に入るべきだろう。

　尾津は大声を発しかけた。ちょうどそのとき、タモスが急に尾津に組みついてきた。その右手には、アーミーナイフが握られている。刃渡りは十四、五センチだった。

「おまえ、李《リー》の仲間だろ？」

「おれは、チャイニーズ・マフィアじゃない。勘違いするな」

尾津は苦く笑った。

「おまえの目つき、とても鋭《するど》い。真面目《まじめ》な日本人には見えないね。上海グループのメンバーだろ？」

「違うって。離れろ！」

「おまえを人質に取る」

タモスが、アーミーナイフの刃を尾津の首筋に密着させた。刃先が頸動脈《けいどうみゃく》を圧迫する。

遠巻きにたたずんでいる野次馬たちがざわついた。尾津は別段、怯《ひる》まなかった。犯罪者に物騒《ぶっそう》な物を突きつけられたことは初めてではない。

「おい、おまえたちの仲間を押さえたぞ」

タモスが李《リー》に言った。

「その男はメンバーじゃない。全然、知らない奴ね」

「嘘つくな。おまえの仲間だろっ。仲間が死んでもいい？」

「好きにしろ。その男はメンバーなんかじゃないんだ」

「勘違いだよ」

尾津はタモスに言った。

タモスが二人の仲間に母国語で何か指示した。二人のガーナ人が李《リー》たちを警戒しなが

ら、タモスに近づいてくる。

「おれを上海マフィアの一員と思い込んだようだが、逆だよ。こっちは犯罪者を取り締まる仕事をしてる」

尾津はタモスに言った。

「おまえ、刑事《コップ》だったのか!?　そうでも、おまえを楯《たて》にして靖国《やすくに》通りに出てタクシーで逃げる」

「尻尾《しっぽ》を巻いて逃げだすわけか」

「うるさい！　首を切られたくなかったら、おまえ、おとなしく歩く。オーケー？」

タモスが尾津の顔を覗《のぞ》き込んだ。

尾津は足を踏みだす振りをして、タモスの脇腹に肘打《ひじう》ちを浴びせた。タモスが背を丸める。尾津は肩でタモスを弾《はじ》き、横蹴りを見舞った。タモスがよろけた。

仲間のガーナ人たちが、ほぼ同時に躍《おど》りかかってきた。

尾津はバックステップを踏み、右側にいる男の向こう臑《ずね》を蹴った。骨が鈍《にぶ》く鳴る。相手が唸《うな》って、尻《しり》から路面に落ちた。

「おまえを殺す！」

もうひとりのガーナ人が言いざま、パンチを繰り出した。ロングフックだった。

尾津はウェービングで、パンチを躱《かわ》した。相手の胃袋《ストマック》にパンチを叩《たた》き込み、アッパーカットで顎《あご》を掬《すく》い上げる。

タモスの仲間は後方に引っくり返った。弾みで、両脚が跳《は》ね上がった。不様だった。

不意に斜め後ろで、女の悲鳴が聞こえた。

尾津は体ごと振り返った。タモスが若い白人女性のほっそりとした首に太い左腕を回し、刃物を腰に突きつけていた。どうやら通行人を人質に取ったらしい。

ブロンドの美女は、スラブ系の顔立ちだ。ロシア人か、ウクライナ人だろう。

「なぜ、こんなことをするの！」

金髪の女性が流暢《りゅうちょう》な日本語でタモスに抗議した。

「おまえ、運が悪かった。わたしたち、誰かを人質に取って靖国通りまで行きたい。上海マフィアたちと喧嘩してた。ひとまずタクシーで逃げることにしたね」

「あなたたちは、アフリカ出身なの？」

「そう、ガーナ人ね。おまえはロシア人か？」

「ええ」

「なんて名だ？」

「ソーニャよ」

「おれたち三人と靖国通りまで一緒に歩いてほしい。そうすれば、乱暴なことはしないよ」

タモスが言って、ソーニャを促《うなが》した。ソーニャが溜息をつき、ゆっくりと歩きはじめた。

「おれが人質になる。その代わり、その彼女は自由にしてやってくれ」

尾津はタモスに声をかけた。タモスが立ち止まった。

「それは駄目ね」

「おまえら三人をガーナに強制送還させないと約束するよ」

「その話、本当か？」

「ああ」

尾津は言いながら、タモスに接近した。タモスが短く迷ってから、ソーニャの首から左腕を外《はず》した。アーミーナイフは、彼女の体から十数センチは離れている。

尾津はソーニャを引き寄せ、タモスに横蹴りをくれた。タモスが横倒れに転がる。ナイフは握ったままだった。

ガーナ人のひとりが頭から突っ込んできた。

尾津は横に跳《と》び、相手の腹部に靴の先をめり込ませた。相手が頽《くずお》れたとき、パトカーの

サイレンが響いてきた。

　野次馬の誰かが一一〇番通報したのだろう。サイレンは複数だった。

　李《リー》たち四人が目配せし合って、脇道に走り入った。その動きは速《はや》かった。タモスたち三人も、焦《あせ》った様子で路地に逃げ込んだ。

「ありがとう」

　ソーニャが尾津に謝意を表した。明らかに狼狽《ろうばい》している。おそらく不法残留者なのだろう。

　尾津は刑事でありながら、法律に縛《しば》られてはいなかった。オーバーステイは違法だが、犯罪組織に関わっていなければ、大目に見てもいいのではないか。

「警察や東京入管は苦手みたいだな？」

「えっ⁉　あっ、はい！」

「なら、走ろう」

　尾津はソーニャの手を取るなり、駆けはじめた。近くの路地を走り抜け、裏通りを進む。ソーニャは息を弾ませながら、懸命に疾駆《しっく》している。顔面蒼白だった。

　ほどなく靖国通りに出た。追ってくる者はいなかった。

「もう大丈夫だよ。どのぐらいオーバーステイしてるんだい？」

　尾津はソーニャに訊《き》いた。

「一年五カ月です。不法残留はよくないんですけど、わたし、日本でもっと稼がなきゃならないんですよ」

「そうか。出身地はどこなのかな？」

「ハバロフスクです。母が病弱なんで、弟や妹に仕送りしなければならないの」

「大変だな。親父《おやじ》さんは？」

「六年前に病気で死にました。就学ビザで入国したんですけど、最初っから日本で働くつもりでした」

「白人ばかりの外国人パブで働いてるのかな？」

「はい、そうです。きょうは改装工事で、お店はお休みだったの。ホステス仲間と食事をして、別れた後《あと》に……」

「トラブルに巻き込まれたんだね？」

「ええ。とっても怖かったわ。でも、あなたのおかげで怪我をさせられずに済みました。それから、警察の人たちにも捕まらなかった。本当にありがとうございます」

「礼は無用だよ」

「わたし、ソーニャ・ラシドフといいます」

「おれは尾津だよ。よかったら、どこかで軽く飲まないか。ナンパするつもりで、きみを庇《かば》ったわけじゃないんだが……」

「うふふ」

ソーニャが魅力的に笑った。

尾津は離婚後、柔肌《やわはだ》が恋しくなると、後腐れのない情事を娯《たの》しんできた。ソーニャとすぐに別れるのは惜《お》しい気がしたのだ。

「わたし、中野坂上《なかのさかうえ》駅の近くの賃貸マンションに住んでるんですよ。あなたは恩人です。部屋で、ロシアの家庭料理を召し上がっていただきたいの。ご迷惑でしょうか？」

「そんなことはないが、知り合ったばかりの女性の部屋に上がり込むのは厚かましすぎるだろ？」

「ぜひ、来てください」

「いいのかな？」

「遠慮しないでください。わたし、何かお礼をしたいんです。ピロシキを作ります。ピロシキ、嫌いですか？」

「好きだよ」

「それなら、わたしの部屋でウオッカを飲みましょう」

ソーニャが尾津の片腕を取った。二人は靖国通りの向こう側に渡り、タクシーを拾った。車内で、ソーニャは自分が二十六歳であることを明かした。もっと若く見えるのは、白い肌が瑞々《みずみず》しいからだろうか。

やがて、ソーニャの自宅マンションに着いた。八階建てだったが、オートロック・システムにはなっていなかった。管理人も常駐していない。

ソーニャの部屋は三階にあった。部屋の主が先に入室し、室内灯を点ける。

間取りは1LDKだった。ソーニャは尾津をリビングソファに坐らせると、ロシア紅茶を手早く淹《い》れた。

「ピロシキをこしらえたら、ロシアのビールとウオッカの用意をしますね」

「料理は、次の機会にでもご馳走《ちそう》になるよ。きみも坐ってくれないか」

尾津はソファに目をやった。

「ピロシキは簡単に作れるんです。十数分、待ってください」

「なんか悪いな」

「わたしのピロシキ、家族には好評なんですよ。尾津さん、ぜひ食べてみてください」

「せっかくだから、ご馳走になるか」

「ええ、そうしてください。わたし、ちょっと部屋着に着替えてきますね」

ソーニャがそう言い、居間に接した寝室に入った。

尾津はセブンスターに火を点け、ロシア紅茶を啜《すす》った。ジャムがたっぷりと落としてあると思い込んでいたが、微量しか入っていなかった。甘味が弱いせいか、紅茶の香りが強い。うまかった。

一服し終えても、ソーニャはなぜか寝室から出てこない。急に気分でも悪くなったのだろうか。

尾津は心配になって、モケット張りのソファから立ち上がった。そのとき、寝室のドアが内側に引かれた。

尾津は声をあげそうになった。

姿を見せたソーニャは、なんと全裸だった。肌の色は神々《こうごう》しいまでに白い。乳房は豊満で、ウエストのくびれは深かった。

腰の曲線が美しい。バター色の和毛《にこげ》は愛らしかった。むっちりとした太腿《ふともも》がなまめかしい。

「わたし、お金に余裕がないの。それだから、体でお礼をさせてください。わたし、他人《ひと》に借りを作りたくない性分《しょうぶん》なんです」

「そんな下心があって、おれはきみの部屋に上がり込んだわけじゃないよ」

「わかってます。でも、わたしは何らかの形でお礼をしたかったんです」

「しかし……」

「女に恥をかかせないでください。わたしなんか抱く気になりませんか?」

「そんなことはないさ。きみを抱かせてもらう」

尾津は立ち上がり、ソーニャに歩み寄った。

ソーニャが瞼《まぶた》を閉じ、官能的な唇をこころもち開いた。尾津はソーニャを抱き寄せ、唇を重ねた。

二人はひとしきりバードキスを交わし、舌を絡《から》め合った。二枚の舌が戯《たわむ》れ合う。ソーニャは喉《のど》の奥で呻き通しだった。

尾津は濃厚なくちづけを中断させると、ソーニャをベッドに横たわらせた。

2

歩きにくい。

職場に向かっている途中、下腹部が熱を孕《はら》んだせいだ。それほど前夜の交わりは狂おしかった。淫《みだ》らでもあった。

尾津は日比谷《ひびや》公園の横を歩行中だった。借りているマンションは、中目黒《なかめぐろ》にある。地下鉄日比谷駅から徒歩で登庁することが多かった。

だいぶ春めいてきて、もう寒くはない。晴天だった。間もなく午前九時になる。

尾津は歩《ほ》を進めているうちに、またもや勃起《ぼっき》しそうになった。高校生に逆戻りしたような気分だ。

ソーニャ・ラシドフは二年数カ月も男の体に触《ふ》れていないと明かし、尾津の体を貪《むさぼ》った。ベッド・テクニックはさほど巧《たく》みではなかったが、とにかく情熱的だった。

ソーニャはペニスをいとおしげに口に含み、大胆に痴態《ちたい》を晒《さら》した。

体の芯《しん》は、しとどに潤《うる》んでいた。襞《ひだ》の奥に指を浅く潜《くぐ》らせると、どっと蜜液があふれた。尾津は愛液を縦筋《たてすじ》全体に塗り拡《ひろ》げ、ぬめった敏感な突起を指で慈《いつく》しんだ。

二分も経《た》たないうちに、ソーニャは極《きわ》みに達した。裸身をリズミカルに硬直させ、愉悦《ゆえつ》の唸りを轟《とどろ》かせた。

Gスポットを刺激すると、ブロンド美人は魚のように体をくねらせた。尾津は欲情をそそられた。

二人は長いことオーラル・セックスに励み、体を穏《おだ》やかに繋《つな》いだ。その瞬間、尾津は拾いものをしたような気持ちになった。

白人女性と睦《むつ》み合うのは初めてではなかった。過去、三人と肌を重ねている。揃《そろ》って器《うつわ》は緩《ゆる》めだった。

しかし、やや小柄なソーニャの性器はすぼまっていた。襞《ひだ》の数が多く、膣圧も強かった。

尾津は煽《あお》られ、一段と昂《たか》まった。体位《ラーゲ》を変えながら、ソーニャを幾度も頂《いただき》に押し上げた。

仕上げは正常位だった。尾津は六、七度浅く突き、一気に深く分け入った。結合が深まるたびに、ソーニャは切なげな呻きを発した。

尾津は後退するときは必ず腰に捻《ひね》りを加えて、亀頭の縁《ふち》で膣口の襞をこそぐった。そのつど、ソーニャは啜り泣くような声を零《こぼ》した。煽情的《せんじょうてき》だった。

尾津は突き、捻り、また突いた。

やがて、ソーニャはたてつづけに三度、快楽の海に溺《おぼ》れた。いい《ハラショー》と口走り、甘やかに裸身を縮めた。

尾津も放った。射精後も、しばらく硬度は保《たも》っていた。男根《だんこん》をひくつかせると、それに呼応《こおう》するようにソーニャの内奥《ないおう》の緊縮感も強まった。快感のビートは鼓動《こどう》のように規則正しかった。

二人は余韻《よいん》を味わってから、結合を解《と》いた。

ソーニャは火照《ほて》った肌を寄せて、日本にいる間だけでも自分の彼氏になってほしいと恥ずかしそうに言った。ありがたい話だが、尾津は曖昧《あいまい》な返事をしただけだった。

ブロンド美人をセックスフレンドにすれば、それなりに娯《たの》しめるだろう。しかし、ソーニャは擦《す》れていない。そんな彼女を弄《もてあそ》ぶのは、罪深いのではないか。

尾津は、もう誰とも再婚する気はなかった。恋愛関係になれば、相手は結婚を意識するかもしれない。気を持たせるのは残酷だろう。

「縁があったら、また、どこかで会えるさ」

尾津は笑顔でソーニャに言って、浴室に向かった。ソーニャは淋《さび》しそうに笑ったきりだった。恨《うら》みがましいことは口にしなかった。

尾津はシャワーを浴びると、すぐにソーニャの部屋を出た。マンションの前でタクシーを捕まえ、自分の塒《ねぐら》に戻った。すでに日付は変わっていた。

左手前方に警視庁本部庁舎が見えてきた。

地上十八階建てだが、二層のペントハウスがある。どちらも機械室だ。地階は四階まである。

地下一階には、印刷室、文書集配室、駐車場管理室、運転者控室、配車事務室、車庫な

どが並んでいる。地下二・三階は車庫で、四階は機械室だ。屋上にはヘリポートがある。

尾津は通用口から庁舎に入り、エレベーターホールに足を向けた。

計十九基のエレベーターがある。そのうち四基は、人荷兼用と非常用だ。各二基ずつだった。残りは高層用六基、中層用六基、低層用三基である。

本部庁舎では、およそ一万人の警察官と職員が働いている。利用する階によってエレベーターが異《こと》なることから、誰とも顔見知りというわけではない。案外、知らない者も多かった。

尾津は低層用エレベーターに乗り込んだ。函《ケージ》に入ったのは、自分だけだった。

捜査一課の大部屋は六階にある。しかし、強行犯捜査第二係迷宮捜査班分室は五階だった。同じフロアには、刑事部捜査第三課、第一機動捜査隊、健康管理本部、共済診療所などがある。

分室は、共済診療所の奥にあった。プレートは掲《かか》げられていない。

ケージが停止した。

五階だった。尾津はケージを出て、所属している分室に急いだ。

共済診療所の前を通り、ほどなくアジトに入る。

分室は三十畳ほどのスペースだ。窓側に四卓のスチール・デスクが置かれ、その右側には五人掛けのソファセットが据《す》えられている。壁際にはロッカーとキャビネットが並んでいた。殺風景な刑事部屋だった。

いつものように、室長の能塚が自席で朝刊を読んでいた。勝又主任と白戸は、まだ登庁してないようだ。

「おれは部下たちに軽く見られてるんだろうな」

能塚が新聞から目を離した。

「そんなことはないでしょ？」

「いや、なめられてるな。おまえら三人は、おれよりも早く登庁したことはめったにない」

「そういえば、そうですね。勝又さんは四十代ですが、おれと白戸はまだ三十代ですから、年配者みたいに早起きできないんですよ」

「尾津、おれを爺《じい》さん扱いするな。まだ五十代なんだぞ」

「でも、部下たちほど若くないでしょ？　もう夜遊びは卒業したんでしょうから、どうしても朝が早いんでしょう」

「いろんな意味で、まだ現役だよ。それはともかく、おまえら、もう少し早く顔を出してくれ」

「努力しますよ。しかし、本家から担当事案《じあん》を振られなきゃ、おれたちは開店休業ですからね」

「いつ本家から指令が下《くだ》されるか分からないじゃないか。だから、常に待機してなきゃならんのだよ」

「室長の言う通りですね。少し気を引き締めないと」

尾津はソファに腰かけた。

そのすぐあと、勝又主任が飄然《ひょうぜん》と分室に入ってきた。灰色のスーツ姿で、黒いリュックサックを背負っている。

「きょうも、〝みずいろクローバーZ〟のCDや関連グッズをリュックに詰めてるようだな」

能塚が呆《あき》れ顔で勝又に言った。

「室長、みずいろじゃありません。ももいろですから、ぼくが応援してるアイドルたちは」

「どっちでもいいだろうが、そんなことはさ」

「いいえ、よくありません。みずいろじゃ、キュートさがないでしょ？」

「勝又、自分の年齢を考えろよ。四十男がアイドルユニットに熱中するなんて、どこか歪《ゆが》んでるぞ」

「ぼくは、まともですよ。そのへんのロリコン男と同列に扱われたくないな。室長は知ってるでしょうが、ぼくは大学生のころに国家公務員I種合格をめざして猛勉強してたんですよ」

「その話は何度も聞いたよ。青春を謳歌《おうか》しなかったんで、何かに燃えたいんだろ？」

「そうです、そうです。いま、ぼくは〝ももいろクローバーZ〟の五人と青春を共有してるんですよ。毎日がすごく充実してます」

「でもな、CDや関連グッズをたくさん買い込んであちこちで配って、お気に入りのアイドルユニットのファンをひとりでも増やしたいと願うこと自体がちょっと……」

「ぼくは誰にも迷惑はかけてませんよ。尾津君、そうだよな？」

「そうですね」

「室長にも迷惑はかけてないでしょ？」

「ま、そうだがな。もう少し職務に身を入れてほしいね。何遍《なんべん》も言ったが、勝又は無能ってわけじゃないんだ。もっと仕事に力を注《そそ》げば、いい刑事《デカ》になれる」

「俸給分の仕事はちゃんとやってるつもりです！」

勝又が硬い表情で言い、自分のロッカーに歩み寄った。能塚が太い首を竦《すく》めた。

そのとき、白戸がのっそりと分室に入ってきた。例によって、黒ずくめだ。クルーカットのせいか、やくざにしか見えない。

「ここは組事務所じゃないんだぜ。殴り込み《カチコミ》の場所を間違えてるんじゃないのか?」

尾津は巨漢刑事をからかった。

「ヤー公と刑事《デカ》は体質が似てるんで、外見も自然に似ちゃうんだろうね。けど、おれはまだ現職だよ。懲戒免職になった元警察官《サツカン》が数千人やくざになってるけど、おれは組員になる気はない」

「そうは言っても、裏社会の奴らとずぶずぶの関係になったら、腐れ縁を断ち切れなくなるだろうが。白戸、ほどほどにしておけよ」

「尾津さんはなんか勘違いしてるな。確かに組関係者の息のかかった酒場に出入りして、ホステスもお持ち帰りしてる。けど、自分の金で遊んでるんだよね」

「その言葉を信じろってほうが無理だろうが?」

「本当だって、勘定を安くしてもらってるけど、只酒を喰《くら》ってるわけじゃない。秘密カジノでルーレットやブラックジャックで勝たせてもらってるんで、ホテルに連れ込んだ女に小遣いを渡せてるんだよ。やくざに捜査情報を流して謝礼を貰《もら》ってるわけじゃないし、組の幹部に〝お車代〟も無心してない」

「そういうことにしといてやろう。しかしな、裏社会との癒着《ゆちゃく》が目に余ったら、警務部人事一課監察室がおまえをマークしはじめるぞ」

「そうなったら、おれも白戸を庇《かば》いきれなくなるな」

能塚が尾津の語尾に言葉を被せ、元暴力団係刑事に顔を向けた。

「室長にも尾津さんにも、おれは信用されてないようだな」

「白戸、われわれには正直に話してくれ。マルボウだったおまえが暴力団関係者と持ちつ持たれつの仲であっても、ま、仕方ない。酒や女を提供されてることには目をつぶってやろう。でもな、情報を流して連中から銭を貰ってるんだったら、見逃すことはできない。おれが人事一課にリークする」

「能塚室長、本気なの!?」

白戸が声を裏返らせた。

「ああ、本気だよ。物事には限度があるからな。叩けば埃《ほこり》の出る奴らから酒や女を提供させても大目に見てやれるが、現金《ゲンナマ》を受け取ってたら、アウトだな。そこまで堕落《だらく》してたら、警察官失格だ」

「只酒を飲んでるだけで、失格でしょ？」

「厳密には、その通りだな。しかし、闇の勢力と警察は六〇年安保のころから協力し合ってきた。だからな、少々の違反や反道徳な行為は咎《とが》めなくてもいいだろう。でもな、やくざどもから金品を受け取ったら、一巻の終わりだ。白戸、本当に銭を貰ってないんだな?」

能塚が巨漢刑事の顔を直視した。白戸は室長を見据え、大きくうなずいた。〝お車代〟まで貰っているという噂《うわさ》は事実ではなかったのか。

当人が言ったように、秘密カジノで儲《もう》けさせてもらった金を遊興費に充《あ》てていたのか。尾津はそう思いつつも、まだ白戸の言葉を鵜呑《うの》みにはできなかった。

だからといって、白戸を徹底的に追及する気もない。個人的には、白戸が裏社会の連中から金品を毟《むし》っていたとしても赦《ゆる》せる。相手は善良な市民ではない。さまざまな形で堅気を苦しめている外道《げどう》たちだ。

「白戸がそう言い切ったんなら、その話は終わりにしよう」

能塚が言って、ふたたび朝刊に目を通しはじめた。白戸が勝又に目で挨拶して、尾津の隣のソファに坐った。

「演技力がついたな」

尾津は白戸の耳許で囁《ささや》いた。

「おれ、別に芝居なんかしてないって」

「おまえが仮に恐喝《カツアゲ》をやってたとしても、とやかく言うつもりはないよ」

「尾津さんには見破られてるみたいだな」

白戸が、ばつ悪げに言った。聞き取りにくい小声だった。

「口止め料をくれなんてケチなことは言わないよ。どの盛り場も防犯カメラだらけなんだ。白戸、そのことを忘れるな」

「尾津さんは正義感が強いのに、何がなんでも法を遵守《じゅんしゅ》するタイプじゃない。アナーキーで、カッコいいよ。ちょいと憧《あこが》れちゃうね」

「胡麻《ご》擂《ま》らなくてもいいから、とにかくうまくやれ」

尾津は言って、煙草《たばこ》をくわえた。二口《ふたくち》ほど喫《す》ったとき、第二係の大久保豊《おおくぼゆたか》係長が分室にやってきた。

大久保は四十九歳で、細身だった。東南アジア人のように色黒だ。眼光が鋭く、鷲《わし》を連想させる顔立ちだった。四冊の黒いファイルを小脇に抱えている。捜査資料だろう。

「大久保ちゃん、再捜査の指令だな?」

能塚が確かめた。

大久保の役職のほうが位《くらい》は高い。しかし、十歳年下である。同じ警部とあって、能塚室長は本家の係長をちゃん付けで呼んでいた。

「当たりです。およそ四年前、関東誠和会稲葉組の組長が新宿区内で何者かに射殺されたんですが、憶《おぼ》えてますか？」

「ああ、うっすらとな。その組長は、全共闘の活動家崩れじゃなかったかい？」

「そうです。稲葉光輝《みつてる》という名で、享年《きょうねん》六十一でした」

「検挙歴があったんだろうな」

「そうなんですよ。稲葉は器物損壊、銃刀法違反、公務執行妨害罪で三度検挙《アゲ》られてるんですが、過激派セクトとの繋《つな》がりはありませんでした」

「なら、書類送検で済んだんだろ？」

「ええ。親兄弟に説得され、活動家仲間とは距離を置いて、大学中退後は就職先を探すようになったんです。しかし、まともな会社では雇ってもらえなかったんですよ」

「しばらくアルバイトで喰いつないでたのかな？」

「ええ、その通りです。製菓工場で働いてるときにベルトコンベアに巻き込まれて左腕を骨折したとたん、クビを切られてしまったんですよ。稲葉は理不尽だと怒《いか》って、会社の社長に談判したようです。しかし、わずかな見舞い金を渡されただけだったようです」

「アルバイトとはいえ、労災だったんだろうから、扱いが冷たすぎるな」

「ええ。そんなことで、稲葉はまともに働くことがばからしくなったんでしょう。その後はパチンコや賭《か》け麻雀で生活費を稼ぐようになったんです。そんなときに関東誠和会の理事のひとりに目をかけられるようになって……」

「やくざになったわけか。いまは大卒の組員なんか珍しくないが、その当時はインテリ崩れは少なかったはずだ」

「そうですね。稲葉は頭《ペテン》がよかったようで、法すれすれの新ビジネスを次々に提案して、存在感を示したみたいですよ」

大久保が言った。

「そうやって稲葉は貫目《かんめ》を上げて、下部組織《エダ》の組長になったんだな。稲葉組は三次団体なんだろ？」

「二次組織だね、稲葉組は」

白戸が大久保よりも先に口を開いた。

「そういう話は、白戸のほうが精《くわ》しいな。稲葉が二次団体の親分になれたのは、どうしてなんだ？　理事のひとりに目をかけられてたといっても、スピード出世になるんじゃないか？」

「稲葉は関東誠和会本部に集められた上納金を財テクで何十倍にも膨らませた功績があったんで、一家を構えるときに二次組織に指定してもらえたんだ。不良上がりの組長たちには、かなり妬《ねた》まれてたね」

「だろうな」

能塚が白戸に言って、大久保に顔を向けた。

「凶器はすぐに判明したんだろ？」

「アメリカ製のコルト・ディフェンダーでした。稲葉は至近距離から前頭部と左胸に一発ずつ撃ち込まれて、ほぼ即死だったようです」

「事件現場に薬莢《やっきょう》は遺《のこ》されてたのか？」

「ええ。でも、指掌紋《ししょうもん》はきれいに拭《ぬぐ》われてたんですよ」

「消音器は使われなかったんだろ？」

「はい。銃声を耳にした者は六人もいたんですが、逃げる犯人《ホシ》を見た人間はひとりもいなかったんです」

「そうか。加害者の足跡や毛髪は？」

「犯人の物と特定できる物は……」

「なかったわけか。目撃証言がないとなると、迷宮《オミヤ》入りになりやすい事件《ヤマ》だな」

「そうなんですよ。この四年間、われわれは被害者と揉《も》めてた関西系の暴力団と警察内部の人間を中心に洗ってきたんですが、容疑者を特定するには至らなかったんです」

「大久保係長、関東誠和会の下部組織が稲葉組を快《こころよ》く思っていないことから組長を殺《や》った可能性はなかったんでしょうか？」

尾津は口を挟んだ。

「関東誠和会の人間は、真っ先に調べたよ。活動家崩れが短い間にのし上がったことを妬んでる三次、四次の組長はいたんだ。しかし、どいつも事件には関与してなかったんだよ」

「そうですか。稲葉組は関西系の組織と対立してたようですが……」

「大阪の浪友会《ろうゆう》羽鳥組《はとり》だよ。神戸《こうべ》の最大勢力が紳士協定を破って首都圏に次々に拠点を設けたんで、浪友会の中核組織の羽鳥組が七年前に東京に進出してきたんだ。それで、大阪の極道たちは稲葉組の組員たちと小競《こぜ》り合いを繰り返してたんだよ」

「羽鳥組が稲葉の事件《ヤマ》に絡んでる疑いはなかったんですね？」

「そうなんだよ」

「本家は、これまでの捜査で警察内部の人間も調べたとおっしゃってましたよね？　どういうことなんでしょう？」

「説明不足だったね。被害者は悪徳新聞記者とつるんで、警察の不正の証拠を押さえ、日本では禁じられてる司法取引をしてた疑いがあったんだ」

「不正というのは？」

「外部の圧力による事件の揉み消し、冤罪《えんざい》、セクハラ、裏金づくりの類《たぐい》だね。口で説明するよりも、持ってきた捜査資料を読んでもらったほうが早いだろう」

大久保が黒いファイルを分室の四人に配った。尾津はファイルを受け取ると、すぐに自席に移った。

3

顔面は血みどろだった。

被害者の前頭部は陥没《かんぼつ》している。顔半分は、血糊《ちのり》に隠れていた。左胸の着衣は鮮血で赤い。

尾津は鑑識写真を繰《く》りはじめた。

死体写真は十三葉《よう》だった。路上に仰《あお》向《む》けに倒れた稲葉光輝の口は半開きだ。両瞼も同じだった。

残りの八枚の写真には、路面に散った薬莢やセカンドバッグなどが写されている。鰐革《わにがわ》のセカンドバッグは、被害者の物だろう。

事件現場は、新宿区下落合《しもおちあい》二丁目十×番地だ。数十メートル先に、稲葉の自宅がある。

尾津は鑑識写真の束を机上に置き、黒いファイルを引き寄せた。目白《めじろ》署に設置された捜査本部の事件調書の写しだけではなく、本庁捜査一課強行犯第二係継続捜査班の経過報告も添えられている。

尾津はセブンスターに火を点け、深く喫《す》いつけた。

能塚室長、勝又主任、白戸の三人も自分の机に向かって、それぞれ捜査資料を読み込んでいる。妙に静かだった。資料を捲《めく》る音だけが響く。

尾津は紫煙をくゆらせながら、捜査資料の文字を目で追いはじめた。

射殺事件が発生したのは、四年前の三月五日の夜だった。歌舞伎町の馴染《なじ》みのクラブで飲んでいた稲葉は珍しく護衛の若い衆を先に帰らせ、タクシーに乗り込んだ。そして、自宅の近くで車を降りた。

タクシーが走り去って間もなく、稲葉組長は犯人にいきなり撃ち殺されたようだ。近所の住人六人が二発の銃声は聞いているが、誰も被害者の怒声は耳にしていない。

犯人は暗がりに身を潜《ひそ》めていて、無言で発砲したようだ。事件通報者は、稲葉宅の近隣の住人だった。

翌日、慶應《けいおう》大学の法医学教室で司法解剖された。

死因は外傷性失血死だった。死亡推定日時は、三月五日午後十時五十分から同十一時十分の間とされた。事件通報者は銃声を聞いても、すぐには一一〇番しなかった。事件に関わることにためらいがあったのだろう。

通報者は家族と相談した末、十数分後に一一〇番した。初動の聞き込みで、ほかにも銃声を聞いた者が五人いたことが明らかになった。彼らは厄介《やっかい》な事件に巻き込まれることを恐れて、通報を控えたと口を揃えている。

目白署に設けられた捜査本部には本庁捜査一課員が延べ百三十数人送り込まれ、十期捜査まで担当した。しかし、それでも容疑者は捜査線上に浮かばなかった。

捜査は第二係に引き継《つ》がれた。本家のベテラン刑事たちは三年数ヵ月、組長殺しの真相を追いつづけた。だが、重要参考人の目星もつけられなかった。

さきほどファイルを置いて本家に戻った大久保係長は最初、関東誠和会内部の紛争による殺人事件という見方をした。スピード出世した稲葉を快く思っていない下部団体の組長たちの動きを探《さぐ》った。しかし、怪しい人物はいなかった。

二係は、次に浪友会羽鳥組を調べた。羽鳥組の若い組員たちが稲葉組をしばしば挑発していた事実は明らかになったが、双方が血で血を争うような抗争を繰り広げたことはなかった。被害者は、羽鳥組など意に介してなかったらしい。

仮に羽鳥組が稲葉組長を射殺したら、東西勢力の全面戦争に発展しかねない。浪友会は大阪の最大組織だが、構成員は五千人弱だ。

巨大な神戸連合会とは規模が違う。関東やくざを敵に回したら、潰《つぶ》されてしまうだろう。大久保係長はそう判断して、羽鳥組を捜査対象から外した。

二係の老練刑事たちは、被害者の稲葉は毎朝日報社会部の村中昌之《むらなかまさゆき》記者を使って警察の不正の証拠を押さえさせていたことを突きとめた。

現在、四十七歳の村中は二十代のころから警察《サツ》回りをしていて、敏腕記者として期待されていた。だが、三十六歳のときに勇み足を踏んでしまった。功を急いで、誤報したのである。

村中は花形記者になり損ね、デスクにもなれなかった。いま現在は、遊軍記者として社会部に籍を置いている。陽《ひ》の当たらない部署に飛ばされないのは、過去に何度かスクープしたことがあるからだろう。

村中は警察内部の事件揉み消し、冤罪、セクハラ、裏金づくりといった不祥事の物的証拠を握って稲葉組長に教えていた。稲葉は警察の弱みを切り札にして、日本では禁じられている司法取引を重ねて点数を稼ぎ、ちょうど四十歳のときに二次組織の親分にのし上がった。

本家の第二係の捜査員たちは、不祥事に関わった警察官や職員をマークしつづけた。しかし、稲葉の射殺に関与している者はいなかったと捜査資料には記述されている。

「今回の事案は厄介かもしれんな」

能塚室長が尾津に話しかけてきた。

「ええ、そうですね」

「大久保ちゃんたちの捜査が甘かったとは思えない。そうだとしたら、これまでの捜査対象者は全員、シロなんだろうか」

「本家の捜査にケチをつけるつもりはありませんが、そう結論づけるのは早いでしょ？」

「尾津は誰が臭いと思った？」

「関係調書を読んだだけでは、まだ何とも言えませんね。室長の勘では、どうなんです？」

尾津は問いかけた。

「おれは被害者の女房の稲葉聡子《さとこ》、五十八歳がちょいと気になるな。稲葉組長は亭主関白で、妻に絶対服従を強いてたようだ。調書には記述されてないが、大久保ちゃんの話によると、聡子は旦那《だんな》が死《し》んでも人前では一度も涙を見せなかったらしいんだ」

「気丈に振る舞ってただけじゃないのかな」

「いや、夫婦の仲はだいぶ以前から冷え込んでたんじゃないのかね。わがままな夫であっても、非業《ひごう》の死を遂《と》げたわけだ。愛情が少しでもあれば、涙ぐむだろう。号泣はしないまでもさ」

「被害者の妻は、心の中では泣いてたんじゃないのかな？」

「そうなのかね。ひとり息子の宗輔《そうすけ》、三十三歳も父親を憎んでたんだろう。司法浪人を六年やっても難関を突破できなかったということで無能扱いされて、家から追い出され、ネットカフェを塒《ねぐら》にしてたらしいからな。親父が殺されてからは実家に戻って、フリーターをやってるそうだが、かなり父親を嫌ってたにちがいないよ」

「そうかもしれませんが、息子が実父を殺す気にはならないでしょ？」

「尾津さん、それはわからないよ」

白戸が話に加わった。

「そうかな」

「おれも親父とは反《そ》りが合わなかったから、中学のころ、本気で金属バットでめった打ちにしてやろうと思ったんだ。服装が乱れてるとしつこく注意されたんで、頭に血が昇っちゃったんだよ」

「そんなことがあったのか」

「うん。金属バットを取りに行きかけたとき、おふくろが必死で制止した。それで、冷静さを取り戻したんだ。稲葉の倅《せがれ》は六法全書を丸暗記するぐらいの勢いで、司法試験の勉強にいそしんでたんじゃない？」

「そうなんだろうな。六年頑張ってみたが、司法試験にはパスしなかった。力を落としてるときに父親に出来が悪いと言われて家から出ていけと言われたら、ショックだったろう」

「たとえ血が繋《つな》がってても、憎悪を覚えると思うよ。殺意が芽生えても不思議じゃないね。そうだとしても、稲葉宗輔が実の父親を撃ち殺したりはしないだろうな。組の若い者《もん》に頼んでコルト・ディフェンダーを手に入れてもらってたとしても、威圧感のある親父に銃弾は撃ち込めないいんじゃない？」

「だろうな」

「稲葉宗輔は犯罪のプロを雇って、実父を射殺させたんだろうか」

「殺しの報酬は、どう工面したと思う？」

尾津は訊《たず》ねた。

「問題は、それなんだよな。フリーターの息子がまとまった金を都合つけられるわけはない。しかし、組長クラスの自宅の金庫には一千万ぐらいの金は常に入ってるはずだ。宗輔は金庫から四、五百万くすねて、実行犯に着手金と成功報酬を渡したんじゃないのかな」

「白戸、もしかしたら、被害者《ガイシャ》の女房と息子が共謀して実行犯を雇ったのかもしれないぞ」

能塚が会話に割り込んだ。

「そうか、そうも考えられるな。宗輔の母親なら、家の金庫の開け方を知ってるだろうしね。息子がネットの復讐サイトを覗いて、実行犯を見つけたかもしれないな」

「そう疑えなくもないよな。射殺された稲葉はワンマンだったみたいだから、家族は苦《にが》り切ってたにちがいない」

「本家の連中が三年以上も気になる人間を調べ上げても、容疑者を特定できなかったわけだから、身内が加害者だったとも考えられるな」

「室長と白戸君の筋《すじ》の読み方にはうなずけないな」

勝又主任が異論を唱《とな》えた。すぐに能塚が応じた。

「なんか自信ありげな口ぶりじゃないか。勝又は、どう筋を読んだんだ？」

「昔から尊属殺人は起こってますが、殺された者は家族に想像を絶するようなひどいことをしたケースが多いですよね？」

「そうだな」

「妻の言い分を無視したり、長く司法浪人をやってた息子を家から追い出す程度では非道とは言えません」

「だから、女房と倅が謀《はか》って稲葉を第三者に始末させたとは考えられないというわけか？」

「ええ、そうですね。捜査資料には細かく書かれてませんけど、稲葉光輝は相当な女好きだったみたいですよ」

「そういえば、そんなことが記述されてたな。何かの権力を手に入れた男の多くが、女遊びに走ってる。稲葉は自分の一家を構えるようになってから、いろんな女をコマしたのかもしれない。複数の愛人《レコ》がいたと考えられるな」

「被害者は情婦《おんな》たちに調子のいいことを言ってたんじゃないんですかね？　たとえば、クラブやブティックを持たせてやるとか約束したくせに、いっこうにそれを実行する素振りを見せない。誠意のないパトロンに腹を立てた愛人の誰かが殺し屋《プロ》に稲葉を葬《ほうむ》らせたんじゃないんですかね？」

「そういうことも考えられるけどさ、こういう推測もできるんじゃないのかな」

白戸が勝又を見た。

「きみの推測を聞かせてくれないか」

「稲葉は背に昇り龍の刺青《スミ》を入れてたはずだから、彫り物は嫌いじゃないはずだ」

「そうなんだろうね」

「情婦《いろ》たちに緋牡丹《ひぼたん》の刺青《スミ》を入れさせてたんじゃないだろうか。その飾り絵を眺め飽きると、あっさり棄《す》ててたのかもしれないよ。レーザーメスで彫り物を消すことはできるけど、かなり金がかかる。稲葉の愛人になった女はずっと面倒を見てもらえると信じて刺青《いれずみ》を入れることに同意したと思うんだよね」

「そうだろう。でも、途中で棄てられたら、困るよね。彫り物をそのままにしてたら、まず新しい彼氏はできない。少なくとも、堅気の男とは恋愛はできないだろう」

「普通の男は引いちゃうだろうな。レーザーメスで彫り物をぼかしたり、切断した皮膚を縫《ぬ》い合わせても、生まれたときの素肌には戻せない。稲葉に人生を台なしにされたと感じた元愛人が仕返しする気になっても不思議じゃないでしょ？」

「そうだね。ぼくと白戸君がコンビを組んで、被害者と親密な関係にあった女たちに会って探《さぐ》りを入れてみようか」

「勝又、いつから室長になったんだ。勝手なことを言うな。おまえはおれと一緒に聞き込みに回る」

能塚が言った。

「それは勘弁してください。室長と組むと、気が休まる暇がないんですよ」

「おまえはちょっと目を離すと、スマホにみずいろクローバーZのライブのときの動画を再生して、にやついてる」

「室長、みずいろじゃなく、ももいろクローバーZです」

「そんなことは、どうでもいいだろうが！」

「いいえ、よくありません。大事なことですよ。人気アイドルユニットなんだから、グループ名は正式に憶《おぼ》えてほしいですね。そうじゃないと、メンバーの五人のプライドが傷つきます。サポーターのぼくも、不快な気持ちになりますよ」

「勝又、おまえは十代の坊やか。ロリコンでもかまわんが、仕事に自分の趣味を持ち込むなっ」

「ぼくは、ロリコン男じゃありません！　それに、職務中はアイドルたちの動画を再生できなくなってます」

「とにかく、おまえはおれとコンビを組む。いいな？」

「ぼくは一応、主任なんです。平《ひら》じゃありません」

勝又が幾分、気色《けしき》ばんだ。

「だから、なんだってんだ？」

「ぼくを監視するようなことはやめていただきたいな」

「おまえが白戸と組んだら、スマホの動画映像に釘づけになるにちがいない。だから、監視が必要なんだよ。文句あるかっ」

「スマホを能塚さんに預けて聞き込みをしますんで、ぼくの独歩行《どっぽこう》を認めてください」

「おれの指示に従えないんだったら、チームを脱《ぬ》けてもかまわんよ。本家に戻りたいんだったら、大久保ちゃんに頼んでやろう。公式のメンバーとしては迎えてもらえないだろうがな」

「そんな形では、屈辱的ですよ」

「チームに残りたいんだったら、おれと一緒に動け。勝又、どうする?」

能塚が決断を迫った。勝又が少し考えてから、室長の指示に従うことを小声で告げた。

「室長、勝又さんをいじめすぎだよ。主任なんだから、もう少し信用してもいいんじゃないの?」

「白戸、おまえも反省すべき点があるぞ」

「八つ当たりか。まいったな。昔のギャング映画に出てくるような服装をなんとかしろって言いたいんでしょ?」

「服のことは、もう諦《あきら》めてるよ。その髪型や蟹股《がにまた》で歩くこともな。ただ、おまえは年上の人間にいつもタメ口《ぐち》を利《き》いてる。年上や職階が上の者には、ちゃんと敬語を遣《つか》え。いいな？」

「おれ、別に自分を大きく見せたくて、ぞんざいな喋り方をしてるわけじゃないんだよね。タメロのほうが親しみを感じてもらえるんじゃないかと思ってさ」

「その考えは、独善的だ。相手は、おまえを生意気な野郎と思うだけだっ」

「そうなのかな。尾津さん、どう思う？」

「たいていの相手は、そう感じるだろうな」

「逆効果だったわけか」

「と思うよ。おれにはタメロを利いてもいいが、能塚さんや勝又さんには礼を失わない喋り方をすべきだな」

「ああ、わかったよ」

「白戸、わかりましたと応じるべきだろうが！」

「室長の言う通りだな。おっと、まずい。おっしゃる通りですね。遣い馴《な》れない敬語を喋ると、なんか舌が縺《もつ》れるな」

「少しずつ言葉遣いを改めればいいさ」

「わかりました」

「尾津、おれたち二人は稲葉宅に行って、未亡人と息子にそれとなく探りを入れてみるよ」

「そうですか。おれは白戸とコンビを組めばいいんですね？」

「ああ、そうしてくれ。まず稲葉組の現組長の黒瀬稔《くろせみのる》、五十四歳に会ってみてくれないか。黒瀬の情報で何か得られたら、それによって効率的な聞き込みをしてくれ」

「了解です」

尾津は椅子から立ち上がって、白戸に目配せした。

4

交差点の信号が変わった。

相棒の白戸が黒いスカイラインを左折させる。

覆面パトカーは新宿区役所通りから、花道《はなみち》通りに入った。歌舞伎町二丁目だ。

尾津は助手席に坐っていた。

通りの両側には、飲食店ビルが軒《のき》を連《つら》ねている。だが、まだ午前十時を回ったばかりだ。人影は疎《まば》らだった。

「稲葉組の事務所は、ちょっと先にあるんだ。けど、この時刻なら、組長は自分の家《ヤサ》にいるんじゃないかな」

白戸がステアリングを操《あやつ》りながら、いつもの口調で言った。

「おまえ、室長に注意されたことを忘れてしまったようだな」

「あっ、いけねえ！　目上の人には敬語を遣わなきゃいけないんだったね」

「おれにはタメ口を利いてもかまわないよ。でも、能塚さんや勝又さんにはなるべく丁寧な喋り方をしろ」

「心掛けるよ。いや、心掛けます」

「おれには敬語なんか遣わなくてもいいって」

尾津は微苦笑した。

そのすぐあと、白戸が車を路肩《ろかた》に寄せた。六階建てのビルの前だった。防犯カメラの数が多い。代紋や提灯《ちょうちん》は掲げられていないが、ただの雑居ビルとは明らかにたたずまいが異《こと》なる。

「組事務所だな？」

「そう。先代の組長が一家を構えるとき、競売物件を手に入れたんだ。所有者の名義は、稲葉光輝経営の商事会社名になってたはずだけど、組の持ちビルなんだよね」

「そうか。そうなら、いまのオーナーは前組長夫人なんだろうな」

「いや、先代がやってた商事会社は現組長が経営権を譲り受けてるから、いまは黒瀬稔の持ちビルになってるはずだよ」

「捜査資料によると、黒瀬の自宅は河田町《かわだちょう》にあるようだな」

「そうなんだ。豪邸だよ。先代ほどじゃないんだろうけどさ、黒瀬も商才はあるんだろうね」

白戸がそう言いながら、スカイラインのエンジンを切った。尾津は先に車を降りた。すぐに相棒が運転席から出てくる。

二人は組事務所の前に立った。

インターフォンを鳴らす前に、剃髪頭《スキンヘッド》の若い男がエントランスロビーから飛び出してきた。二十六、七歳だろう。両眉を剃《そ》り落としている。凄《すご》みを利かせたつもりか、肩をそびやかした。

「あんたら、どこの者だい？」

「筋者《すじもん》じゃないよ、おれたちは」

白戸が応じた。

「おたく、堅気《ネス》には見えねえぞ」

「モグリだな、おまえ」

「まさか新宿署の組対《そたい》の刑事《デカ》じゃねえよな」

「おれは本庁の暴力団係《マルボウ》だったんだ」

「マジかよ!? だったら、警察手帳《チョウメン》見せろや」

「チンピラがいっぱしのことを言いやがって。黒瀬はいるのか? まだ河田町の家《ヤサ》にいるのかい?」

「組長《オヤジ》を呼び捨てにするんじゃねえ。手帳出さなきゃ、何も答えねえぞ」

相手が息巻いた。白戸が薄く笑って、前に踏み出した。

まともに頭突きを喰《くら》ったスキンヘッドの男は呻いて、膝から崩れた。

「黒瀬は組事務所にいるのかどうか、ちゃんと答えろ。無視《シカト》しやがったら、てめえを公務執行妨害で逮捕《パク》るぞ」

「ふ、ふざけんな。おれが何をやったよ? そっちがいきなり頭突きを……」

「おまえは、おれの急所を蹴ろうとしただろうが! おれがやったことは正当防衛だ」

「てめえ、頭《ペテン》がおかしいんじゃねえか」

頭をくるくるに剃り上げた男が吼《ほ》え、白戸の靴に唾《つば》を吐きかけた。

白戸の顔つきが変わった。スキンヘッドの男を摑み起こすと、大腰で投げ飛ばした。相手が呻いて、腰を摩《さす》った。

白戸が前に跳《と》び、相手の脇腹に鋭い蹴りを入れた。剃髪頭の男が手脚《てあし》を縮めて、長く唸《うな》った。

そのとき、組事務所から二人の男が躍り出てきた。どちらも二十代の後半だろう。

「場合によっては、てめえらもしょっ引くぞ」

白戸が男たちに言って、腰から特殊警棒を引き抜いた。

尾津は目顔《めがお》で白戸をなだめ、懐《ふところ》からＦＢＩ型の警察手帳を取り出した。見せたのは表紙だけだった。

「本当に警察の旦那《だんな》だったんすね。てっきり羽鳥組と友好関係にある組織の奴らが殴《カチ》り込《コ》みを《ミ》かけてきたと思ったもんすから」

口髭《くちひげ》をたくわえた男が頭を掻《か》いた。

「そうか」

「それにしても、お連れは短気っすね。大森《おおもり》がいきなり頭突きを浴びせられたんで、びっくりしました」

「なんなら、被害届を出してもかまわないぞ。法律に触れるようなことをしてない自信があるならな」

「騒ぎたてる気はないっすよ。大森は喧嘩っ早いから、何か失礼なことを言ったんでしょ？」

「水に流してくれるというんなら、この話はもう終わりだ。黒瀬組長は、まだ自宅にいるんだろうな」

尾津は訊いた。

「いや、きょうは九時半ごろに事務所に入りました。組長《オヤジ》に逮捕状でも出てるんすか？」

「そうじゃないんだ。おれたちは、四年前に射殺された先代組長の事件の継続捜査をしてるんだよ」

「そうだったんすか。それは、ご苦労さまです」

「まだ容疑者を特定できないんで、振り出しに戻って捜査をし直そうってことになったんだよ。おれは尾津、相棒は白戸っていうんだ。黒瀬さんに取り次《つ》いでくれないか」

「少々、お待ちになってください」

口髭の男が、組事務所の中に駆け戻った。大森という苗字らしいスキンヘッドの男は、いつの間にか、立ち上がって下を向いていた。きまりが悪いのだろう。

「おまえら二人は、もう事務所に戻ってもいいよ」

白戸が大森たちに言った。二人の組員は軽く頭を下げ、ビルの中に消えた。

「大森って奴の口の利き方が気に入らなかったんだろうが、白戸、ちょっとやりすぎだぞ」

「突っ張ったガキなんで、むかっ腹が立っちゃったんだ」

「気持ちはわかるが、相手が刃物《ヤッパ》を振り回したわけじゃなかったんだから、先制攻撃はまずいな」

「そうだね。少し気をつけるよ」

「ああ、そうしろ」

尾津は口を閉じた。

それから間もなく、口髭の男が戻ってきた。

「お待たせしました。組長《オヤジ》は全面的に捜査に協力したいと言ってました。先代の片腕だったんで、まだ犯人《ホシ》が捕まらないことで焦《じ》れてたんすよ」

「そっちは先代の組長にも仕《つか》えてたようだな?」

「ええ、そうなんすよ。申し遅れましたが、おれ、石鍋《いしなべ》っていいます。盃《さかずき》を貰って、しばらく親分宅で部屋住みをしてたんすよ。先代は、おれたち若い者《もん》を自分の子供のようにかわいがってくれたんすよね。躾《しつけ》に関しては、厳しかったすけど。それから、本を読んで知識をたくわえないと、のし上がれないぞといつも言われてました。先代は大学を中退してるっすけど、インテリだったすから。武闘派やくざじゃ、もう大幹部になれない時代っすから、いろいろ参考になりましたよ」

「そうだろうな」

「だけど、おれたちはグレて高校を一、二年で退学しちゃった奴ばっかしだから、最初、読書は苦痛でしたね。でも、おかげで難しい漢字の意味もだいぶわかるようになったっすよ」

「そうか」

「部屋住みの若い衆上がりなら、稲葉があまり女房や息子を大事にしてないことは感じてたんじゃないのか？」

白戸が横合いから言った。

「先代は姐《あね》さんに口答えはさせなかったすけど、それなりに愛情を感じてたと思うっすよ。稲葉組長は水商売の女たちにモテモテだったんで、浮気はしてたでしょうけどね」

「六年も司法浪人をやってた息子の宗輔のことは駄目男と思ってたんだろうな、殺された稲葉は」

「そこまでは思ってなかったでしょうけど、宗輔さんが弁護士になれなかったんで、がっかりしてたことは確かっすよ」

「ひとり息子を家から追い出したらしいから、家族に対する愛情は薄かったんだろうな」

「宗輔さんが家から追い出されたのは、父親を唯我独尊《ゆいがどくそん》だと非難したからっすよ。それから、やくざは社会の屑《くず》だとも罵倒《ばとう》したみたいっすね。で、先代はキレてしまったんでしょう」

「女房や伜が稲葉に不満を募《つの》らせて、第三者に始末させたとは考えられないかい？」

「それは考えられないっすよ」

「稲葉に棄てられた元愛人が誰かに犯行《ヤマ》を踏ませた可能性は？」

「それもないと思うっすね」

石鍋が答えた。尾津は白戸を手で制し、先に口を開いた。

「先代の組長は、関東誠和会の下部組織《エダ》の親分たちにだいぶ妬まれてたんだろ？」

「部屋住みから少しずつ貫目を上げて三次や四次団体の親分になった者の中には、稲葉組長のスピード出世を面白くないと感じてた人もいたと思うっすよ。でも、先代が関東誠和会のプール金を増やしたことは高く評価してたはずっすから、ジェラシーで稲葉組長の命《タマ》を奪《と》ろうとする人間は……」

「いないと思うか？」

「ええ」

「浪友会羽鳥組が関東やくざを挑発するとも考えにくい。消去法でいくと、先代とつるんでた毎朝日報の村中という警察《サツ》回り記者の存在が気になってくるな。村中は組事務所にちょくちょく出入りしてたのかい？」

「鮨《すし》屋やクラブで先代と会ってたようっすけど、村中は一度も組事務所には来てないと思うっすよ」

「そう」

「黒瀬の組長《オヤジ》は、最上階にいるんす。ご案内しますよ」

石鍋が歩きだした。尾津たちコンビは石鍋に導かれ、稲葉組の持ちビルに入った。エレベーターで六階に上がる。

石鍋がエレベーターホールの斜め前の部屋のドアをノックした。

「組長《オヤジ》さん、警視庁の方たちをご案内しました」

「入っていただけ」

ドアの向こうで、男の野太《のぶと》い声が響いた。黒瀬本人だろう。

石鍋が重厚なドアを開けた。尾津は会釈《えしやく》して、先に入室した。白戸が倣《なら》う。石鍋が静かにドアを閉め、歩み去った。

四十畳ほどの広さの部屋だ。手前に十人掛けのソファセットが置かれ、窓寄りに両袖机が据えてあった。机は桜材だろう。

「ご苦労さまです。わたしが黒瀬です」

現組長が如才《じょさい》なく言って、回転椅子から立ち上がった。

オールバックにした髪は、不自然なほど黒々としている。染めているのだろう。背広は、いかにも仕立てがよさそうだ。

尾津と白戸は警察手帳を短く呈示し、おのおの姓だけを名乗った。

「どうぞお掛けください」

黒瀬は先に来訪者を総革張りの応接ソファに腰かけさせ、尾津の前に坐った。

「午前中に事務所に出てらっしゃるとは意外でした」

尾津は口を開いた。

「いつもこんなに早く来てるわけじゃないんですよ。たまに抜き打ちで朝早く出てきて、若い連中がたるんでないかチェックしてるわけです。先代の組長は躾にうるさかったですからね。電話番の若い者《もん》がガムを噛《か》みながら、受話器を取ったことがあったんです。そのときは、先代組長、そいつを木刀で気絶するまでぶっ叩きました」

「傷害罪だな」

「ええ、そうなりますね。しかし、身内のことですから、聞き流してください」

「四年前に殺された稲葉さんに手錠《ワッパ》は打てないでしょ？」

「はい、そうですね。手荒い指導でしたが、その若い衆はちゃんと礼儀を弁《わきま》えるようになりました。下部団体《エダ》の中では、うちの組の若い連中の躾が最も行き届いてるでしょう。これも先代のおかげです」

「そうかもしれませんね」

「石鍋から聞いたんですが、振り出しに戻って捜査をやり直されるそうですね。ぜひ、先代を殺《や》った犯人を捕まえてください。稲葉の組長《オヤジ》さんはわたしに目をかけて、実の弟のようにかわいがってくれてたんですよ。投資のこともいろいろ教えてくれました」

「そうですか」

「先代は非合法ビジネスを少なくして、一般企業と同じに正業で利益を出さないと、そのうち組を維持できなくなると常々、言ってました。ですんで、わたしが組を預かるようになってからもベンチャー企業に積極的に投資してるんですよ。おっと、まだお茶も差し上げてないな。コーヒーのほうがいいですか？」

「どうかお構いなく」

「そうですか。愛想なしで、申し訳ありません」

黒瀬は茶色い葉煙草《シガリロ》に火を点けた。

左手首に光っているのは、ピアジェの薄型腕時計だ。三百数十万円する高級スイス製だが、品がある。デザインはシンプルだった。

大物やくざや成金《なりきん》たちは、ダイヤをちりばめた宝飾腕時計を好む。どうやら黒瀬は極力《きょくりょく》、やくざ者に見えないよう心掛けているようだ。

「目白署の捜査本部が解散になってから本庁《うち》の捜査一課二係が捜査を引き継いだわけですが、残念ながら……」

「正直にいうと、警察は少し怠慢《たいまん》だと思ってましたよ。先代の組長は人里離れた山の中で撃《ハジ》かれたわけじゃない。自宅のそばの路上で撃ち殺されたんです。それも、午前二時や三時ではありません。午前零時前に発生した殺人事件なんですよ」

「ええ、そうでしたね」

「現場付近の住民が六人も銃声を聞いたそうじゃないですか。初動捜査のとき、目白署の強行犯係に教えられました。その六人のうちの誰かがすぐに外に走り出てたら、おそらく逃げる犯人を目撃したでしょう」

「そうなんだろうが、耳にしたのは怒声や悲鳴じゃありませんでした。一般市民が銃声を耳にしたら、体が竦《すく》んでしまうんじゃないのかな？」

「そうかもしれないが、勇気を出して家から出てみた者がひとりぐらいいそうじゃないですか」

「ええ、いたのかもしれませんね。しかし、その人物は運悪く加害者と目を合わせてしまった。それで、目撃したとは証言できなくなったんではないだろうか」

「犯人に何か仕返しをされると考えて、ビビってしまったんではないかってことですね?」

「ええ、もしかしたら」

「そういうことがあったんでしょうか」

「わかりません」

「それはそれとして、夜の十時台や十一時台なら、どこかで誰かが犯行を見てそうですけどね。たとえば、トイレの小窓から目撃してたとか……」

「加害者は犯行前に稲葉宅の暗がりに身を潜めてて、射殺後に他所《よそ》の庭でしばらく息を殺してたんじゃないのかな」

「それから庭伝いに裏道に出て、事件現場から遠ざかったんだろうか」

「おそらく、そうだったんでしょう。だから、稲葉宅の前の通りで不審者を見かけた者はひとりもいなかったんじゃないだろうか」

「そうなんですかね」

「ストレートにうかがいます。黒瀬さん、犯人に心当たりはありませんか?」

尾津は問いかけ、煙草をくわえた。

「先代が射殺されたと知って、稲葉組と反目してた浪友会羽鳥組の犯行《ヤマ》ではないかと疑いました。しかし、よく考えたら、それはないだろうと……」

「そう思ったのは、なぜなんです？」

「浪友会は神戸の最大組織とは友好関係にありますが、神戸連合会の傘下には入ってません」

「ええ、そうですね」

「浪友会羽鳥組が関東のやくざたちに矢を向けても、最大勢力は連中に加担はしないでしょう。となったら、浪友会も負ける喧嘩は吹っかけてこないと思うんですよ」

「でしょうね」

「で、わたしは次に先代と仲がよかった毎朝日報社会部の村中昌之という記者を怪しみました。村中のことは当然、ご存じですよね？」

黒瀬がシガリロの火を灰皿の中で揉《も》み消した。

「若いころから警察《サツ》回りをやってきた村中は大新聞社の社員ながら、相当なごろつき記者みたいですね」

「そうみたいですよ。村中は警察内部の不正の証拠を握って、先代の組長に恐喝材料を売ってたようです」

「稲葉前組長は政財界人の身内や知人の犯罪を揉み消した件をちらつかせて、警察に裏取引を迫ったみたいだな。冤罪、セクハラ、裏金づくりと脅迫材料には事欠かなかった。先代は司法取引で、関東誠和会の理事クラスの犯罪捜査を甘くさせて、貫目を上げた。そのことは、ほぼ裏付《ウラ》けが取れてるんですよ」

尾津は、もっともらしく言った。はったり《ブラフ》だった。

「先代の処世術については、いろんな噂が耳に入ってましたよ。先代の組長が村中記者と一緒に警察の急所を握ってたことは間違いないんでしょう」

「村中は警察の不正に関する情報を先代組長に安く買い叩かれて、もっと謝礼を払ってくれなければ、協力できないとごねたのかな？」

「ごねたりはしなかったようですが、村中記者は稲葉組の名を騙《かた》り、警察上層部に働きかけて血縁者や知人なんかの事件をうやむやにさせた大物政治家や財界人に口止め料を出させてたらしいんです。多分、犯罪の当事者たちからも金を脅し取ってたんでしょう」

「ええ、考えられますね」

「先代は勝手に組の名を使われたことで腹を立ててたんですよ、自分も恐喝《カツアゲ》の共犯者になりますから」

「そうですね」

「全共闘の活動家崩れの先代は、権力や権威を握った有力者たちを敵視してました。しかし、組長はそのへんの強請屋《ゆすりや》と同じように見られることが厭《いや》だったんでしょうね。で、村中を事務所に呼びつけて叱りつけたんです」

「村中記者はどんな反応を見せたんです？」

白戸が初めて黒瀬に質問した。

「村中はもっと情報提供料を払ってくれれば、個人的な恐喝はやらないと誓ったんですよ。それで、先代は村中に追加の情報料を払って、その後も安くない情報提供料を渡してたようです。しかし、ごろつき記者は先代組長との約束を破って……」

「ふたたび個人的にこっそりと疚《やま》しさのある連中から、まとまった口止め料をせしめてたんですね？」

「そうみたいなんですよ。そんなことで、五年ほど前から先代は村中としっくりいかなくなった。しかし、お互いに弱みを握り合ってるんで、決裂まではしませんでしたけどね」

「その後、先代組長は村中のルール違反を強く詰《なじ》ったんだろうか。そうだとしたら、悪徳記者に組長殺しの動機はありますね」

「ひょっとしたら、村中が誰かに先代の組長を始末させたのかもしれないな」

黒瀬が唸って、腕を組んだ。尾津は短い沈黙を破った。

「村中は、いつごろから先代と疎遠《そえん》になったんです？」

「四年数ヵ月前から、先代組長は村中と一緒に飲み喰いすることがなくなりましたね。そのころ、喧嘩別れしたのかもしれません」

「そうなんだろうか」

「そうしたことを考えると、先代組長の事件には村中昌之が何らかの形で関与してるように思えてくるんですよ。しかし、現職の新聞記者がそんな大それた犯罪に手を染めるとも考えにくいんで、よくわかりません」

「黒瀬さんの話は参考になりました」

「そうですか。しかし、わたしの話には確証があるわけではないんで、村中記者を犯人扱いしないでほしいな。人権問題に発展したら、面倒なことになりますからね。お願いします」

黒瀬が言った。

尾津はうなずき、白戸の腿《もも》を軽く掌《てのひら》で叩いた。二人は、ほぼ同時にソファから立ち上がった。

第二章　汚れた記者

1

助手席のドアを閉める。

尾津はシートベルトを掛けた。すでに白戸はスカイラインのエンジンを始動させていた。

「尾津さん、築地《つきじ》の毎朝日報東京本社に向かえばいいんだね？」

「ごろつき記者を洗う前に一応、浪友会羽鳥組の組長を揺さぶってみよう。羽鳥幸夫《ゆきお》が稲葉の事件《ヤマ》に絡んでるとは思えないが、念を入れたほうがいいだろう」

「そうだね。それじゃ、先に百人町《ひやくにんちよう》にある組事務所に車を回すよ」

「ああ、そうしてくれ」

尾津は背凭《せもた》れに上体を預けた。

白戸が覆面パトカーを発進させる。

「羽鳥組は最初、歌舞伎町に拠点を作る気でいたんだよね。でも、歌舞伎町には百八十以上の組事務所がある。大阪の極道が組事務所を設けたら、もろに東京のやくざを挑発することになるでしょ？」

「そうだな。それで、歌舞伎町から少し離れた百人町に拠点を置いたわけか」

「うん、そう。表向きは『浪友物産』という貿易会社のオフィスになってるけどね。関西弁の柄の悪い男たちしか出入りしてないから、暴力団の事務所だってわかっちゃう」

「組長の羽鳥は、東京と大阪を行ったり来たりしてるんだろ？」

「そう。毎日こっちの事務所に詰めてるのは、曽根公彦《そねきみひこ》って若頭《カシラ》なんだ。五十一、二で、額に刀傷がある。凶暴な面構《つらがま》えしてるよ」

「そうか」

会話が中断した。白戸は車を右折させ、大久保公園の横を抜けて職安通りを突っ切った。そのまま直進し、大久保通りの少し手前で覆面パトカーをガードレールに寄せる。

「斜め前にある四階建ての肌色のビルが羽鳥組の拠点なんだ。羽鳥が東京に来てるといいけどね」

「大阪にいるんだったら、曽根って若頭を締め上げよう」

尾津はシートベルトを外し、先に助手席から出た。白戸も運転席を離れた。

二人は、組事務所のエントランスロビーに入った。すると、奥から二十代後半の男が走り出てきた。額が極端に狭く、三白眼《さんぱくがん》だった。中肉中背だ。

男は白戸に目を当てながら、先に口を開いた。

「わしら、極道ちゃうで。ここは大阪に本社がある貿易会社の東京支社や」

「堅気《かたぎ》の振りをしても無駄だよ。おまえはどっから見ても、極道じゃないか」

「俠友会《きょうゆうかい》の者《もん》か？」

「おれたちはヤー公じゃない」

白戸が苦く笑った。

「あんたは、堅気には見えんで」

「おれたちは警視庁の人間だ」

「フカシこくなや。刑事《デコスケ》に化けて、わしらのことを偵察しにきよったんやろ？」

「偽刑事じゃない」

尾津は警察手帳を見せた。

「よう出来《でけ》た模造手帳やな。どこのポリスグッズの店で買《こ》うたんや。教えてんか。わしも欲しいわ」

「そっちと遊んでる暇はないんだ。羽鳥幸夫は、この建物の中にいるのか？　いたら、呼んできてくれ」

「組長《オヤジ》、いや、社長はおらんわ」

相手が視線を逸《そ》らした。嘘をついているのだろう。

尾津は無言で相手の胸倉を摑んで引き寄せ、所持品を検《しら》べた。ベルトの下にコマンドナイフを差し込んでいた。ナイフを引き抜き、相手の目の前に翳《かざ》す。

「銃刀法違反で手錠《ワッパ》打たれたくなかったら、こっちの質問に答えるんだな。組長の羽鳥は東京にいるんだろ？」

「さっき言うたやないか、おらんて」

「粘る気か。ちょいと箔《はく》をつけてやるか」

「どういう意味や⁉」

相手が顔を引き攣《つ》らせた。

尾津はにっと笑って、コマンドナイフの刃を起こした。刃渡りは十二、三センチだが、よく磨《みが》き込まれている。

「切れ味は悪くなさそうだな。若頭の曽根と同じように面《つら》に刀傷があれば、凄みが出るだろう。額より頬に斜線があったほうがよさそうだな」

「羽鳥のおやっさんは東京におる。けど、わし、居所は知らん。組長《オヤジ》さんはホテルに泊まったり、愛人《レコ》のマンションに泊まってるんやけど、わしはまだ幹部やないから、詳しいことは知らんのや」

「若頭なら、羽鳥の居所を知ってそうだな」

「そう思うわ」

「曽根はどこにいる？」

「わからんわ」

相手が首を横に振った。尾津は、コマンドナイフの刃を相手の頬に寄り添わせた。

「お巡りがこないいなことをしてもええのんか？　許されへんやろ？」

「おれは法もモラルも糞喰《くそくら》えと思ってるんだよ。犯罪者を取っ捕まえるためなら、どんな違法捜査もする」

「それやったら、極道以下やないかっ。刑事失格や」

「おまえの言う通りだな。しかし、おれは不器用だから、捜査の仕方を変えられないんだよ」

「めちゃくちゃやないか」

相手が長嘆息《ちょうたんそく》した。尾津は刃を立て、指先に少し力を加えた。相手の眼球が恐怖で盛り上がる。

「若頭《カシラ》は奥の娯楽室で、ビリヤードをやってるわ」

「そこに案内してもらおうか」

尾津は相手の体の向きを変えさせ、コマンドナイフを白戸に渡した。それから、若い極道の利き腕を捻《ねじ》上げた。

「わし、逃げんわ。そやから、手を緩《ゆる》めてんか」

相手が言った。

尾津は、相手の尻を膝頭で蹴った。一般市民に手荒な真似《まね》はしていないが、裏社会で悪事を働いている者たちには容赦《ようしゃ》なく反則技を使っていた。

男が歩きだした。

娯楽室は階段の昇降口の横にあった。置かれたビリヤード台は一台だった。五十年配の男がキューを構え、白い手球《てだま》を撞《つ》きかけていた。

「小西《こにし》、後ろの二人は誰や?」

「若頭《カシラ》、すんまへん。わし、持っとったコマンドナイフを押収されて、顔に刃を当てられてもうたんで……」

「押収やて？　その二人は刑事なんやな？」

「ビンゴだ。おれたちは警視庁捜査一課の者だよ。あんたは、羽鳥組の若頭をやってる曽根だな？」

白戸が確かめた。

「そうや。捜査一課いうことは、殺人事件を調べてるんか？」

「ああ、そうだよ。四年前の三月五日の夜、関東誠和会稲葉組の組長が自宅近くの路上で射殺された。凶器はコルト・ディフェンダーだった。その事案の犯人《ホシ》は、まだ捕まってないんだよ」

「その事件《ヤマ》のことは憶《おぼ》えとるけど、浪友会本部も羽鳥組《うち》もタッチしてないで」

曽根が上体を起こし、両手でキューを水平に構えた。

尾津は小西と呼ばれた男を床《ゆか》に腹這いにさせ、曽根の顔を見据えた。

「キューを盤面《ばんめん》の上に置くか、ラックに戻せ！」

「なんでそこまで言われなきゃならんねん？」

「小西を銃刀法違反で引っ張ることもできるんだ。そうなったら、この組事務所の捜索令状も下りるだろう。そっちは知ってるだろうが、各種の令状は年中いつでも裁判所に請求できる」

「知ってるわ、そないなことは」

「この建物を隅々まで検べりゃ、日本刀《ポントウ》や拳銃が見つかるだろう。そうなったら、この拠点は畳まざるを得なくなるにちがいない。あんたは格下げされて、小指《エンコ》を飛ばせって羽鳥組長に言われそうだな」

「わしにどうせい言うんや！」

曽根が苛立《いらだ》たしげに言った。

「まずキューをビリヤード台の上に置け」

「わかったわ」

「羽鳥組は六年ほど前から稲葉組といがみ合ってたよな？」

尾津は曽根がキューを緑色の盤面に置いてから、探りを入れた。

「うちの若い奴らに先に手を出したんは、稲葉組の構成員やで。稲葉組の縄張り《シマ》を歩いてただけで、うちの構成員をしばきおったんや。いくらなんでも、やりすぎやで。そやさかい、わしは稲葉組のチンピラを若い者《もん》にぶっ飛ばさせたんや。したら、今度は向こうが仕返しをしてきおった」

「そんなことで、若い連中同士が小競り合いを繰り返してたわけか」

「ああ、そうや。羽鳥組は東京に進出したけど、麻薬ビジネスや管理売春はしてへん。金融、重機リース、観葉植物のレンタル、それから不動産仲介しかしてへんで。裏ビジネスで首都圏の組織の妨害はしてへんのやから、めくじら立てることはないやないか」

「東京に進出するほうはそう思うだろうが、関西の最大勢力は紳士協定を破って十六、七年前から首都圏に次々に拠点を作り、戦前からの老舗《しにせ》博徒一家を抱き込んだ。そんなことで関東やくざの御三家はもちろん、中小の組まで関西勢の動きには神経過敏になってる。稲葉組が浪友会系の組の進出を快く思わないのは当然だろう」

「確かに、そうやろうな。けど、浪友会《うち》は大阪だけでシノギをしとったら、じり貧になるさかい、東京でビジネスチャンスを摑もうってことになったんや。けどな、ほんまに非合法ビジネスはしとらんで」

「これまでは、そうかもしれない。しかし、いずれは首都圏でも裏ビジネスで荒稼ぎする気でいたんじゃないのか。四年前に殺害された稲葉はそのあたりのことを感じ取ってたんで、羽鳥組を撃退するつもりだったんだろう。それで、稲葉組は羽鳥組にいろいろ仕掛けたとも考えられるな」

「そやから、羽鳥組《うち》が稲葉組長の命《タマ》を奪《と》ったと疑《うたご》うてるんか!?」

曽根が目を剝《む》いた。白戸が先に言葉を発した。

「そうだったんじゃないのかい？」

「羽鳥組《うち》はシロや。わしも組長《オヤジ》も稲葉組の奴らを目障《めざわ》りやと思っとったけど、殺人《コロシ》はようやらんわ。せっかく東京に進出したのに、関東やくざ全体を敵に回したら、まずいやんか。関西の人間は、まず損か得かを考えるんや。プラスにならんことは、基本的にやらんわ。そやから、組長殺しに羽鳥組はタッチしとらんわ」

「若頭《カシラ》はそう思ってても、組長の羽鳥幸夫には面子《メンツ》があるよな。稲葉組に喧嘩をたびたび売られてたら、おとなしくしてるわけにもいかなくなるだろう」

「組長《オヤジ》が若い者のひとりに稲葉を撃《ハジ》かせたと思うとるんか!?」

「いや、羽鳥組の組員を実行犯に使ったら、いずれ足がつく。羽鳥は流れ者に稲葉組の組長をシュートさせたのかもしれないな」

「そんなことはしてへん思うけど……」

「極道は何よりも体面を気にする」

尾津は曽根に言った。

「それは当然や。わしらは誰かに軽く見られたら、そりゃ怒るで。羽鳥の組長《オヤジ》は四年前、稲葉光輝にどこぞに呼びつけられて、土下座でもさせられたんやろうか。そやったら、ヒットマンを差し向ける気持ちになるかもしれへんな」

「羽鳥の居場所を教えてくれ」

「わしの口からは言えんわ」

「なら、床に這いつくばってる小西を銃刀法違反で検挙《アゲ》て、この事務所の捜索令状を請求することになるな」

「好きにせえや。大阪の極道をなめるんやない！」

曽根が喚《わめ》くなり、盤面のキューを摑み上げた。槍《やり》のように尾津に投げ放つ。

尾津は背を屈《かが》め、キューを避《よ》けた。曽根がキュー・ラックに駆け寄り、立てかけてあるキューを全部まとめて握った。

「キューを投げつづける気なら、こっちも手加減しないぞ」

尾津は忠告した。

曽根が悪態《あくたい》をつき、尾津と白戸に交互にキューを投げつけてきた。尾津はキューをうまく躱《かわ》したが、放たれた一本が白戸の喉を直撃した。

「てめーっ」

白戸が逆上し、三段振り出し式の特殊警棒のスイッチ・ボタンを押した。警棒が伸びきったとき、キューが尽きた。

すると、曽根は近くにあった椅子を持ち上げ、白戸めがけて投げた。放られたのは椅子だけではなかった。青銅の灰皿、花器、油彩画入りの額が次々に投げられた。

「動くな!」

尾津は、ショルダーホルスターからシグ・ザウエルP230を引き抜いた。原産国はスイスだが、日本でライセンス生産されている中型ピストルだ。ハンマー露出式のダブル・アクションである。

弾倉クリップには七・六五ミリの実包が七発しか入らないが、初弾を薬室《やくしつ》に送り込めば、フル装弾数は八発だ。

尾津は手動式の安全弁を外し、スライドを引いた。

「おい、わしは丸腰やんか。それやのに、撃つんかい?」

曽根が棒立ちになった。

「場合によっては引き金を絞る、暴発を装ってな」

「お巡りがそんなことをしおったら、世も末や」

「おれは、やくざ刑事《デカ》なんだよ」

尾津は嘲笑した。

そのとき、白戸が曽根に駆け寄った。特殊警棒が振り下ろされる。首筋を打たれた曽根が横に倒れた。

「小西を見張っててくれ」

尾津は白戸に命じ、曽根に走り寄った。片膝を床につき、銃口を曽根の側頭部に突きつける。

「羽鳥組長の居所を吐いてもらおうか」

「わしをほんまに撃つ気なんか⁉」

「撃つ気はなくても、暴発しそうだな。引き金《トリガー》の遊びがあまりないんで、人差し指にちょっと力を入れただけで弾《たま》が発射しちゃうんだよ」

「そんなわけないやろ。遊びは、みな一緒のはずや。わざと暴発させる気なんやな。そうなんやろ？」

「声が震えを帯びてるな。死ぬのは厭《いや》か？」

「当たり前やないか。わし、まだ五十代やぞ。男の平均寿命までは死にとうないわい」

「長生きしたいんだったら、組長の居所を喋るんだな」

「わしの名は出さんでくれるか？　それを約束してくれるんやったら、教えてもええわ」

「そっちの名前は出さない」

「羽鳥の組長《オヤジ》は、二年前から世話してる情婦《おんな》と四谷《よつや》の愛住町《あいずみちょう》の家に泊まっとる。東京に来るときは、いつもそうなんや」

曽根は羽鳥の愛人の名と住所を明かした。愛人は山脇陽菜《やまわきはるな》という名で、まだ二十三歳らしい。

「小西の銃刀法違反は見逃してやろう。その代わり、コマンドナイフは押収する」

「かまへんわ」

「こいつは、公務執行妨害のお返しだ」

尾津は立ち上がりざまに、曽根の胸板を蹴り込んだ。

肋骨が軋《きし》み音をたてた。曽根が動物じみた声をあげ、のたうち回りはじめた。

「おれもちょいと……」

白戸が小西の腰を蹴って、にやりと笑った。

尾津たちは娯楽室を出て、表に走り出た。

スカイラインに乗り込み、四谷をめざす。白戸は住宅街を抜けると、覆面パトカーを明治通りに乗り入れた。新宿御苑《ぎょえん》の手前で、新宿通りに入る。

その数分後、能塚室長から尾津に電話がかかってきた。

「稲葉の女房と息子の事件当日のアリバイは崩れてないんだが、代理殺人を誰かに依頼したのかもしれないぞ」

「その根拠は？」

「近所の聞き込みで、新事実がわかったんだよ。四年二カ月前、被害者は雪の降る晩に妻の聡子を素っ裸にして庭木に何時間も縛りつけてたらしいんだ」

「なんだってそんなことをしたんです？」

「稲葉聡子は家を追い出された息子のことを不憫《ふびん》に思ったらしく、こっそり宗輔に会って定期的に当座を凌《しの》ぐ金を手渡してたようなんだよ」

「そのことが夫にバレて、折檻《せっかん》されたんですね？」

「そうなんだよ。聡子は凍死寸前だったらしい。倅の宗輔は母親に同情して、幼友達の父親が経営してるメッキ工場に青酸化合物を分けてもらえないかと頼みに行ったことが聞き込みでわかったんだ。勝又と一緒にメッキ工場を訪ねて、経営者に真偽を確かめた。聞いた話は事実だったよ」

「宗輔は父親を毒殺する気だったんでしょうね。で、青酸カリの類《たぐい》は譲ってもらえたんだろうか」

「メッキ工場の主は毒殺事件に巻き込まれたくなかったんで、即、断ったそうだ。宗輔は落胆した様子で帰ったという話だったよ」

「そうですか」

「尾津、聡子と宗輔が結託して殺し屋《プロ》を雇った可能性はゼロじゃないな。勝又と稲葉母子に関する情報を集めてみるよ」

「わかりました」

「そっちはどうなんだ？」

「大きな動きはありません」

尾津はそう前置きして、能塚室長に経過を報告した。

「それじゃ、これから羽鳥の愛人宅に行くんだな？」

「現在、山脇陽菜の自宅に向かってるとこです。羽鳥が今回の事案に絡んでるという根拠があるわけではありませんが、一応、揺さぶってみたいんですよ」

「ああ、そうしてくれ。捜査は無駄の積み重ねなんだ。ロスを恐れてたら、隠されてる真実は透《す》けてこないからな」

「その通りだと思います」

「何か捜査に進展があったら、すぐ報告を上げてくれな」

能塚が先に電話を切った。

尾津は官給された携帯電話を上着の内ポケットに仕舞《しま》ってから、白戸に通話内容をかいつまんで伝えた。

「そういうことがあったんなら、被害者の妻と息子は少しマークしたほうがいいな。宗輔が裏サイトで実行犯を見つけたとも考えられるでしょ？」

「そうだな。宗輔ひとりだけでは殺しの成功報酬は工面できないだろうが、おふくろさんが共犯者《レツ》なら……」

「金は都合できるよね」

白戸が口を引き結んだ。

ほどなく山脇宅を探し当てた。戸建て住宅だった。スカイラインは愛住町に差しかかっていた。敷地は五十坪ほどだ。前庭には樹木が植えられ、奥まった場所に平屋の家屋が見える。間取りは３ＬＤＫだろうか。

「区役所の職員になりすまして、インターフォンを鳴らそう。そして、うまく家の中に入り込んで、羽鳥に鎌をかける。白戸、そういう段取りだからな」

尾津は助手席から出て、羽鳥の愛人宅に歩《ほ》を進めた。

防犯カメラは見当たらない。門扉《もんぴ》は低かった。車庫は空っぽだ。

早足にやってきた白戸がインターフォンを響かせた。しかし、なんの応答もない。家はひっそりと静まり返っている。

白戸がもう一度、インターフォンのボタンを押し込んだ。だが、やはり結果は同じだった。

「羽鳥は若い愛人と食事かショッピングに出かけたのかもしれないな」

「尾津さん、先に毎朝日報に行く？」

「いや、少し車の中で待ってみよう」

尾津は踵《きびす》を返した。白戸も体を反転させる。

二人は覆面パトカーの中に戻った。

2

欠伸《あくび》が出そうだ。

尾津は奥歯を嚙みしめた。張り込んで、すでに四時間が経過していた。

「羽鳥組長と愛人《レコ》、帰ってこないな。二人は近くまで出かけたんじゃなく、温泉地にでも行ったんじゃないのかな」

白戸が両腕でステアリングを抱き込んだ。

「そうだろうか。おれの勘では、そのうち二人は戻ってくると思うよ」

「尾津さんの勘はよく当たるから、そうなのかもしれないな。それにしても、腹が空いてきたよ」

「張り込む前にコンビニで買い込んだ調理パンを五個も喰って、缶コーラを二本飲んだじゃないか」

「おれ、大喰いだからね。すぐ腹が減るんだ。すぐに戻ってくるからさ、ちょっとコンビニに行ってもいいでしょ？」

「しょうがない奴だな。なるべく早く戻ってこいよ」

「了解！　尾津さん、何か喰いたい物は？　おにぎりを二、三個買ってこようか？」

「いや、何も喰いたくないよ」

尾津は答えた。

白戸がスカイラインを降り、表通りに向かって走りだした。

尾津は煙草を吹かしはじめた。半分ほど喫《す》ったとき、脈絡もなくソーニャ・ラシドフのことを思い出した。情事のシーンが次々に脳裏に蘇《よみがえ》った。素っ気ない別れ方をしてしまったことが少し悔やまれた。

ソーニャが日本にいる間だけでも、親密な関係でいるべきだったか。白人パブで働いている割には擦《す》れていない。つき合っていれば、心と体は癒《いや》されるだろう。

しかし、尾津は刑事であるうちは誰とも再婚する気はなかった。所轄署刑事時代に殉職した同僚の妻の悲嘆する様《さま》を目の当《ま》たりにして以来、そう思うようになっていた。

情《じょう》を通じているうちに、ソーニャに恋心が芽生えるかもしれない。そうなっても、責任を取れないだろう。自分自身も、ソーニャにのめり込んでしまうかもしれなかった。しかし、求愛はできない。

ワンナイトラブは虚《むな》しいが、それでよかったのではないか。

尾津は短くなったセブンスターを灰皿の中に突っ込み、パワーウインドーを下げた。車内に澱《よど》んでいた黄ばんだ煙が窓から流れ出ていく。

十五分が過ぎても、白戸は戻ってこない。買物を済ませ、のんびりと週刊誌でも立ち読みしているのか。

さらに十分が過ぎても、巨漢刑事は覆面パトカーに戻ってこなかった。柄の悪い白戸はチンピラたちに絡まれて、立ち回りを演じているのかもしれない。

尾津は心配になって、上着の内ポケットから携帯電話を取り出した。白戸のモバイルフォンをコールしかけたとき、当の本人が前方から駆けてきた。コンビニエンスストアのビニール袋を提《さ》げている。

尾津は携帯電話を懐に戻した。白戸が運転席のドアを開ける。

「時間喰っちゃったね」

「誰かに因縁《いんねん》をつけられたのか？」

「そうじゃないんだ」

「グラドルのグラビア写真を眺めてたんだな？」

尾津は茶化した。白戸が首を振って、運転席に腰を沈めた。

「おれの前で精算してた八十過ぎの老女は耳が遠いらしく、アルバイト店員に何度も合計金額を訊き返したんだよ」

「それで？」

「大学生だという店員は苛《いら》ついてさ、お婆さんが持ってた財布を取って千円札を何枚か引き抜いたんだよ。老女は勘違いして、泥棒って大声で叫んだんだ。アルバイト店員は腹が立ったらしく、老女を突いたんだよ」

「そのお婆さんは倒れたのか？」

「おれが抱きとめてやったから、倒れはしなかったんだ」

「バイトの店員とはいえ、ひどいことをするな。客に対して乱暴なことをするなんて常識じゃ考えられない」

「だよね。だから、おれはバイト店員を怒鳴《どな》りつけてやったんだ。するとさ、奥から店のオーナーが出てきたんだよ。おれは、店員の教育がなってないと文句を言ってやった」

「オーナーは謝罪したんだな？」

「バイト店員に詫《わ》びさせて、オーナー自身もお婆さんに謝《あやま》ったよ。でも、誠意のない謝罪の仕方だったんだ。その上さ、客の老女に厭味《いやみ》たっぷりに『外出するときは必ず補聴器を嵌《は》めてよね』なんて言いやがった」

「で、白戸は義憤を覚えたんだな？」

「ああ、無礼すぎるな。相手が年寄りだからって、そんな言い種《ぐさ》はないよね？」

「そう。相手はずっと年上だったけど、おれ、黙ってられなかったんだよ」

「身分を明かしたのか？」

「いや、手帳は出さなかったよ。店のオーナーはおれをヤー公と思ったらしく、奥から出てきた女房に目配せしたんだ。オーナーの妻はいったん奥の事務室に引っ込んで、おれに封筒をおずおずと差し出した。厚みから察して、万札が五枚は入ってたと思うよ」

「おまえ、受け取ったのか？」

「一瞬、耳の遠いお婆さんに〝詫び料〟を渡そうと思ったけどさ、下手したら、恐喝罪で立件されるよね？」

「そうだな」

尾津はうなずいた。

「だからさ、万札が入ってる封筒はオーナーに突き返したんだ。オーナーはなんとか受け取ってくれと言ってたが、頑として受け取らなかったよ。やくざの幹部が差し出した〝お車代〟なら……」

「受け取り馴《な》れてるだろうがな」

「うっ、危《ヤバ》いとこだった。うっかり口を滑らせるとこだったよ。尾津さん、何も聞かなかったことにしてよね？」

「白戸、なんの話をしてるんだ？」

「いいね。やっぱり、尾津さんは漢《おとこ》だ」

「言葉の遣《つか》い方がちょっと違うんじゃないか」

「そう？　ま、細かいことはいいんじゃないの？　バイト店員を泥棒呼ばわりしたお婆さんは自分の勘違いに気づいて、平謝りに謝ってた。足腰がだいぶ弱ってるみたいなんでさ、おれ、お婆さんを自宅まで送ってやったんだよ。そんなことで、時間がかかっちゃったんだ。尾津さん、悪かったね」

「いいさ、気にすんな。おまえはヤー公顔負けの悪党刑事《ワルデカ》だが、弱い者たちを庇《かば》ってる。半年ぐらい前にホームレスの男を足蹴《あしげ》にした酔ったサラリーマンたちをぶっ飛ばして怪我をさせたよな？」

「ああ、そんなことがあったね。その三人は被害届を出さなかったんで、事件化されなかったけど」

「そうだったな。おまえは高齢者や社会的弱者には優しい。どうしてなんだ？」

「弱い者いじめはみっともないじゃないの。おれは、そう思ってるだけだよ」

「照れてる白戸は悪くないな」

「話題を変えようよ。羽鳥たちは、まだ戻ってないんだね？」

「ああ」

「助六寿司《すけろくずし》とペットボトルの緑茶を買ってきたんだけど、太巻き二個ぐらいなら喰えるでしょ？」

「せっかくだが、ノーサンキューだ。おまえひとりで全部、喰えばいいさ」

「なんか悪いな」

白戸はコンビニエンスストアの袋を膝の上に置き、助六寿司のパックを開けた。茶で喉を潤《うるお》しながら、太巻きや稲荷《いなり》寿司を次々に頬張る。それから、また時間が流れた。

山脇宅の前に白いBMWが停まったのは、午後四時半過ぎだった。

ハンドルを握っているのは、二十三、四歳の派手な造りの女だ。山脇陽菜だろう。

「助手席に坐ってるのが羽鳥幸夫だよ。後部座席にブランド物の袋が幾つも重なってるから、羽鳥は若い愛人《レコ》にバッグや服を買ってやったんだろうな」

白戸が小声で言った。助手席から羽鳥が降り、車庫にBMWを誘導した。ドイツ車をガレージに納めると、ドライバーも運転席から出た。

「荷物はわしが運ぶさかい、陽菜は先に家に入ってろや」

羽鳥が若い愛人に言って、ＢＭＷのリアドアを開けた。陽菜が玄関に向かう。

「尾津さん、すぐに羽鳥を揺さぶってみる？」

「愛人は高い物をいろいろプレゼントされたんだから、パトロンにサービスしそうだな」

「だろうね。二人が一緒に風呂に入ってるときに不法侵入しちゃう？」

「そうするか」

尾津は同意した。

羽鳥が両手一杯に紙袋やビニール袋を持って愛人宅の中に消えた。

尾津たちコンビは夕闇が濃くなってから、スカイラインを出た。ごく自然な足取りで山脇宅に近づく。

二人は堂々と門を抜け、庭木の陰に入り込んだ。羽鳥たちに怪しまれた気配は伝わってこない。

コンビは中腰で、家屋の裏に回った。

浴室は暗い。羽鳥と愛人は、ざっとシャワーを浴びただけなのか。

「作戦を変更する。おれたちは関東誠和会稲葉組の人間に化けよう。おまえは羽鳥と面識があるんだったな?」

尾津は白戸に低く訊いた。

「面《メン》は割れてるけど、一回しか会ったことがないんだ」

「なら、サングラスで目許を隠せ」

「オーケー」

白戸が色の濃いサングラスを掛けた。尾津は前髪を額に垂らし、上着の右ポケットから布手袋《ぬのてぶくろ》を抓《つま》み出した。それから、ピッキング道具を取り出す。

白戸も両手に手袋を嵌めた。尾津はあたりを見回した。

山脇宅の三方は民家に囲まれているが、どの窓も暗かった。尾津は台所のごみ出しドアに耳を寄せた。人の話し声は聞こえない。

尾津は鍵穴に編棒に似た金属棒をそっと挿入《そうにゅう》した。先端部分に凸凹がある。

ピッキング道具を左右に回すと、金属と金属が嚙み合った。内錠は造作なく外れた。

尾津はノブを静かに回し、ドアを手前に引いた。先にキッチンに土足で上がり、白戸を手招きする。

大柄な白戸はドアを全開にした。

そのとき、ドアが軋み音をたてた。割に大きな音だった。羽鳥か陽菜の耳に届いたかもしれない。

尾津たちは静止し、耳をそばだてた。

足音は近づいてこない。どうやら気づかれなかったようだ。

尾津はひと安心して、抜き足で歩きだした。

白戸が従《つ》いてくる。台所を出ると、玄関ホールに出た。玄関脇の部屋には照明が灯《とも》っていたが、無人だった。

奥の部屋に誰かがいる様子だ。

尾津・白戸コンビは、その部屋に忍び寄った。二人とも爪先に重心を掛けていた。靴音は、ほとんど響かなかった。

「陽菜の大事なとこ、丸見えやで」

襖越《ふすまご》しに羽鳥の声が洩《も》れてきた。

「きのう、パパにヘアをきれいに剃られちゃったから、もろに割れ目が見えちゃうのね。恥ずかしい！」

「前の部分だけやのうて、尻《けっ》めども丸見えや。きゅっとすぼまって、ほんまに菊みたいやな」

「恥ずかしいけど、陽菜、感じちゃう。パパ、もっと近くで見て」

「スケベ女め！　おっ、早くも蜜が垂れはじめてるやないか。見られてるだけで、そないに感じるんか？」

「うん、とっても。ね、花びらを大きく開いてみて。ものすごく濡れてるはずよ」

「なんや、その口の利き方は。おまえは、わしに飼《か》われてる女やないかっ。生意気や」

「パパ、もっといじめて！」

「わしに指示するんやない。謝れ！」

「ごめんなさい」

「本気で詫びてないやろ！　マゾ女のくせに、反省が足らんわ」

「お仕置きして」

陽菜が甘え声でせがんだ。真性《しんせい》のマゾヒストなのか。それとも、単に遊びでＳＭプレイに興《きょう》じているのか。尾津には判断がつかなかった。

鞭《むち》を振る音が伝わってきた。

柔肌を叩く音は高かった。鞭が唸るたびに、陽菜がなまめかしく呻く。痛みが快感を引き出しているのだろう。

思わず尾津は、白戸と顔を見合わせた。白戸が西洋人のように大きく肩を竦《すく》める。ただの戯《たわむ》れではないと判断したらしい。

「みみず腫《ば》れで白い肌がピンクになったら、剣山《けんざん》で全身を叩いてやるわ」

「パパ、その前に鼻と乳首に洗濯挟《せんたくばさ》みを挟みつけて」

「いちいち注文つけるんやない。もっと嬲《なぶ》ってほしいんやろうけど、そうはいかんで。わしは、おまえの下僕《しもべ》やない。ご主人さまや」

「ね、もっとハードにいじめて。お願いよ」

「もう三角木馬に跨《また》がりとうなったんやろうが、まだや。剣山や千枚通しで突きまくったら、棘《とげ》だらけのバラではたいてやる。おまえが血塗《まみ》れになったら、三角木馬に乗っけて前後に動かしてやるわ」

「その途中で……」

「なんや？　早《はよ》う言うてみろ」

「バイブを入れてほしいの。わたし、もうじきクライマックスに達しそうなのよ」

「牝犬《めすいぬ》が贅沢《ぜいたく》言うんやない。気を逸《そ》らして、ぎりぎりまで待つんや。そうしたら、ご主人さまのナニをしゃぶらせてやるわ。それまで我慢するんや。ええな？」

「…………」

「陽菜、わしに逆《さか》らう気なんか？　そうやったら、すぐ革紐は解くで」

「パパ、怒らないで。陽菜、いけない娘《こ》よね」

「馴《な》れ馴れしい口を利くんやないっ。おまえは、わしの玩具《おもちゃ》になっとればええんや」

「はい、ご主人さま」

「体のどこが気持ちええんか、言うてみい。東日本で使われてる四文字やのうて、関西で言われてる卑語《ひご》を大声で言うんや」

「わたし、横浜育ちだから、その言葉は言えない。恥ずかしすぎるもん」

「甘ったれおって。こうしてやるわ」

羽鳥が鞭を投げ捨て、剣山で愛人の肌を傷つける気配が伝わってきた。

陽菜が悲鳴をあげるが、苦痛を感じている様子ではない。それどころか、性的な快感を覚えているようだ。呻き声は淫蕩《いんとう》だった。

もう遠慮することはないだろう。

尾津は襖を開けた。部屋は床の間付きの十畳間で、ほぼ中央に夜具が伸べてある。

敷蒲団に転がされている陽菜は、黒い革紐で亀甲縛りにされていた。周囲に責め具が見える。

折った両脚は括《くく》りつけられ、股間を晒《さら》す形だった。恥毛のない性器が目を射《い》る。フリル状の肉の扉は大きく捌《さば》かれていた。とば口は、愛液で光っている。

「誰やねん、おまえらは!」

トランクス姿の羽鳥が立ち上がって、剣山を持ち直した。

「あんたたち、強盗なの？」

「おれたちは関東誠和会稲葉組の者だ」

尾津は陽菜に言って、かたわらの白戸に合図した。白戸が心得顔でホルスターからシグ・ザウエルP230を引き抜く。

羽鳥が反射的に退《さ》がった。白戸が黙ってスライドを引き、羽鳥に銃口を向けた。

「わしの命《タマ》奪《と》りに来たんか!?」

「その前に、あんたに訊きたいことがある」

尾津は羽鳥に言った。

「な、何や？　何が知りたいねん？」

「四年前の三月五日の夜、先代の稲葉組長が何者かに撃ち殺された。そのことは知ってるな」

「ああ。わしがヒットマンを差し向けたと思うとるんか？」

「稲葉組《うち》と羽鳥組は、だいぶ前から小競り合いを繰り返してた。あんたが誰かに先代の稲葉組長を殺《や》らせたって噂がずっと流れてたんだよ。あんたには、犯行動機があるわけだ」

「確かにうちんとこと稲葉組の下っ端の奴らはいがみ合《お》うてたわ。けど、わしは刺客《しかく》なんか放った覚えはないで。ほんまや」

「兄貴、羽鳥のどっちかの脚《あし》に一発ぶち込んでやりましょう。そのほうが話が早いですよ」

白戸が芝居っ気たっぷりに言って、ハンドガンの引き金に人差し指を深く絡めた。羽鳥が剣山を部屋の隅に投げ、両手を高く挙《あ》げた。

「撃つな。撃たんといてくれ。わしを悪者にしたがってる関東やくざが妙な噂を流したんやろうが、嘘やない。わしは、誰にも稲葉組の先代組長を殺《や》らせてへんわ。消したろと思ったことはあるけど、ヒットマンは使《つこ》うてない。天地神明に誓ってもええで」

「なら、誰が先代を始末したんだ?」

「わからん。わしには見当もつかへんわ。真偽を確かめたわけやないけど、稲葉組の先代はいろんな人間に恨まれてるそうやないか。警察が頼りにならんなら、自分らでそのあたりを調べてみいや。先代を恨んでる者の中に犯人がおるんちゃうか」

「調べてみよう。あんたに仕返しされると面倒だから、ちょいと保険をかけさせてもらうぜ」

「保険やて?」

「そうだ。若い愛人《レコ》とのライブショーをおれたち二人に見せてくれ」

「無理や。おたくらが押し入ってくる前は勃起《ぼっき》してたんやけど、いまはペニスがうなだれとる」

「陽菜ちゃんにくわえてもらえば、そのうち反応するだろう」

「勘忍してんか」

「おっさん、やるんだっ」

白戸が右腕を長く伸ばした。羽鳥が後ろ向きになって、トランクスを脱いだ。すぐに愛人を掴み起こす。

「パパ、大きくしてあげるね」

陽菜がパトロンの下腹部に息を吹きかけはじめた。両手は縛られ、自由が利かない。

やがて、羽鳥の欲望が目覚めた。陽菜が舌の先で亀頭を舐め回してから、男根《だんこん》を深くくわえ込んだ。

羽鳥が陽菜の頭を両手で引き寄せ、自ら腰を躍《おど》らせはじめた。強烈なイラマチオだった。

尾津は横に回り込み、携帯電話のカメラでオーラル・セックスを動画撮影しはじめた。

3

空気が重苦しい。

誰もが押し黙っている。能塚室長を含めて分室の四人はソファに坐り込み、インスタントコーヒーを啜《すす》っていた。

きのうは捜査の初日だったが、空振りに終わった。尾津は口の端から、煙草の煙を吐き出した。飲みかけのコーヒーは冷めはじめていた。

尾津たちコンビは山脇陽菜の自宅を出ると、毎朝日報東京本社に回った。

しかし、ごろつき記者の村中昌之は数日前から休暇を取って、ハワイに出かけているという話だった。帰国予定日は明日らしい。

尾津たちは受付で身分を明かし、社会部のデスクに面会を求めた。デスクは、村中よりも二歳年下だった。

そのせいか、村中に不利になるようなことは言わなかった。むしろ、褒《ほ》める始末だった。デスクは、先輩の村中に何か弱みを握られているのかもしれない。

デスクの話で、社会部記者たちの何人かが近くの居酒屋にいることがわかった。尾津たちはその酒場に行き、村中の同僚たちから聞き込みをした。

その結果、ごろつき記者は七年近く前から稲葉光輝と親交があったことが明らかになった。二人がどこで知り合ったかは誰も知らなかった。

もともと無頼派の村中は、裏社会の人間たちには関心があったらしい。クラブか秘密カジノあたりで、二人は出会ったのではないか。

村中は取材と称して、よく稲葉に会いに行っていたようだ。警察内部の不正の情報を稲葉に買ってもらっていたのだろう。

しかし、四年数ヵ月前から村中は稲葉から遠ざかりはじめたらしい。その理由まで知る同僚記者はいなかったが、捜査資料に記述された事柄と合致していた。

情報提供料が少ないと村中は不満を言いつづけていたのだろうか。稲葉組長はそのことで腹を立て、村中とは距離を置くようになったのか。現在の稲葉組の組長・黒瀬が語ったように、稲葉組の名を騙られて決裂したのだろうか。

そうではなく、村中は稲葉が警察と司法取引している事実を暴露すると匂わせて多額の口止め料を要求したのだろうか。稲葉は村中も同罪ではないかと取り合わなかったのだが、やがて不安になった。そして、第三者に村中を始末させようとしたのか。

しかし、それは失敗に終わった。身の危険を感じた村中は、先に稲葉を亡《な》き者にしようと考えたのかもしれない。もちろん、自分自身が手を汚す気はなかった。無頼記者なら、殺人を請け負《お》うアウトローを探すことは可能だろう。

だが、推測や憶測《おくそく》だけで村中に任意同行は求められない。ハワイから帰国した村中に張りついて捜査する必要がある。しかし、いまは動くに動けない。

同僚記者たちの証言によると、村中は稲葉と疎遠になってからブラックジャーナリストや経済やくざと頻繁《ひんぱん》に接触するようになったそうだ。そうした連中とつるんで恐喝を重ねてきたのではないか。

その気になれば、村中は警察の不祥事を恐喝材料にできる。事件の揉み消しを依頼した有力者は当然、揉み消しに手を貸した警察関係者の全員を強請ることも可能だ。

冤罪、セクハラ、裏金づくりに関わった者たちからも口止め料を脅し取れる。警察が稲葉と司法取引していたとなれば、弱みはダブルだ。村中の要求を拒む警察関係者はいないだろう。

同僚たちの証言で、村中が四年ほど前から急に金回りがよくなったことの裏付けも取れた。その浪費ぶりは半端ではなかったそうだ。

村中は銀座《ぎんざ》の高級クラブを一晩借り切ったり、気に入ったホステスたちを引き連れてラスベガスに出かけていたらしい。また、妻子には内緒で乃木坂《のぎざか》にある高級マンションを借りているという。その秘密のセカンドハウスに浮気相手を連れ込んでいるそうだ。

指先が熱くなった。

フィルターの近くまで灰になっていた。尾津は慌《あわ》ててセブンスターの火を消した。

「稲葉の女房《バシタ》と息子が共謀して殺し屋《プロ》を雇った疑いはゼロじゃないと思って勝又と一緒に被害者宅の周辺で聞き込みをしたんだが、殺された組長は妻に生活費として月に八十万円しか渡してなかったんだよ」

能塚が尾津に言った。

「部屋住みの若い者が四、五人はいたようだから、楽じゃなかったでしょうね」

「だと思うよ。稲葉聡子は質素な暮らしを心掛けて、家を追い出された倅の宗輔にこっそり二十万とか三十万を渡してたんだろう」

「ええ、そうなんでしょうね」

「殺された稲葉は組の者には気前がよかったらしい。それから、義理掛けも欠かさなかったそうだ。叔父分が病死したときは、なんと一千万円の香典を包んだってよ」

「その分、妻子には倹約させてたんだろうな」

「ああ、そうみたいだな。派手な葬式だったらしいが、故人は下落合の邸《やしき》のほかは三百万そこそこの預金しかなかったそうだ」

「それじゃ、自宅を手放さざるを得ないでしょ？」

「未亡人はそうする気だったようだよ。しかし、現組長の黒瀬が毎月百万円の生活費を必ず振り込むから、先代が建てた邸宅は人手に渡さないでくれって言ったらしい」

「いまの組長は先代に目をかけられてたらしいから、恩返しのつもりで個人的に先代の遺族の生活費を工面してるんでしょう」

「そうなんだろうな。近ごろのやくざは損得ばかりを考えてる奴が多くなったが、黒瀬稔は義理人情を大事にしてるにちがいない」

「ええ、そうなんでしょうね」

「それはそうと、金銭的な余裕のなかった聡子が息子と共謀して殺し屋《プロ》を雇ったという線は崩れたな」

「こういう結果になるとわかってたら、ぼく、応援してるアイドルユニットのライブ会場に行きたかったな」

勝又が小声でぼやいた。室長は、それを聞き逃《のが》さなかった。

「おい、おれを怒らせたいのかっ」

「そういうわけじゃなかったんですが……」

「勝又、おまえみたいな奴を税金泥棒って言うんだ。おれたちは国民の税金で食べさせてもらってるんだから、ちゃんと職務を果たさないとな」

「昨夜《ゆうべ》遅くまで真面目に聞き込みをしたでしょ！　稲葉宅の近隣のお宅のインターフォンを鳴らして、質問したのは主にぼくでしたよ」

「おまえは、おれの部下なんだ。そのぐらいは当然の仕事だろうが！　恩着せがましいことを言うなっ。それより、おまえのせいで恥をかかされた。文句を言いたいのは、こっちだ」

「ぼくが室長に恥をかかせたですって⁉　いつです？」

「聞き込み中に、おまえの私物のスマホが着信メロディーを奏《かな》でたよな。中学生や高校生の坊やじゃあるまいし、アイドルグループの着メロなんか使うな。恥ずかしくて、おれはアメリカザリガニみたいに全身が真っ赤になっちまったよ」

「サポーター仲間が心配して、電話をくれたんですよ。ぼくが珍しくライブ会場にいなかったんでね」

「その仲間も、同じような着メロを使ってるんだろうな。そのサポーター仲間は、いくつなんだ？」

「三十七だったかな。彼は国税局の職員で、優秀な男です。有名国立大に二浪して入った頑張り屋なんですよ。彼の場合は大学の受験勉強に明け暮れてて、青春をエンジョイできなかったんで……」

「みずいろクローバSと一緒に青春してるわけか。精神年齢は十五、六だな」

「能塚さん、二カ所も間違ってます！」

「何が？」

「アイドルユニット名は、ももいろクローバーZですっ」

「たいした間違いじゃないだろうが！」

「そうしたミスは、当の五人には屈辱です。サポーターのぼくも不愉快になりますね」

勝又が子供のように怒った。白戸が主任をなだめる。

「こんなことで言い争うなんて、まさに時間の無駄だ。尾津、羽鳥の心証もシロだという報告をさっき受けたが、大阪の極道ももう捜査対象から外してもいいんじゃないか？」

能塚室長が言った。

「いいと思います。鎌をかけて、さんざん揺さぶりをかけましたんで」

「そうか。どんな追い込み方をしたんだ？　東京に若い愛人《レコ》を囲ってることを大阪にいる女房に告げ口するとでも言ったんじゃないのか？」

「ま、そんなとこです」

尾津は話を合わせた。少々の反則技は黙認されていたが、まさか山脇宅に侵入し、羽鳥に淫らな行為を強要したとは言えない。

羽鳥はペニスが雄々《おお》しく猛《たけ》ると、革紐で縛ったままの陽菜と体を繋《つな》いだ。パトロンが強く突くたびに、陽菜は達磨《だるま》のように揺れた。煽情的《せんじようてき》だった。

尾津は交《まぐ》わっているシーンも動画撮影したが、途中で携帯電話を畳んだ。白戸は羽鳥が果てるまで見物したがっていたが、引き揚げることにした。自分たちが刑事であることが発覚しても、羽鳥が警察に駆け込む心配はないだろう。

白戸はSMプレイを見て煽《あお》られたらしく、きのうの晩はホテルに美人局《つつもたせ》の常習犯の元グラビアアイドルと風俗嬢を呼び、明け方近くまで3Pに耽《ふけ》ったらしい。本人から聞いた話だ。目の周《まわ》りが黒ずんでいる。

ホテル代を払い、二人のベッドパートナーには三万円ずつ小遣いを渡したと言っていたが、怪しいものだ。おそらく白戸は彼女たちの犯罪の証拠を押さえていて、只で遊んだのだろう。悪徳警官だが、相手から多額の口止め料はせしめていないようだ。それが救いといえば、救いだろうか。

「稲葉の遺族と羽鳥がシロとなれば、ハワイにいる毎朝日報の村中記者が臭くなってくるな」

能塚が誰にともなく言った。最初に口を開いたのは白戸だった。

「村中は明日、帰国するって話だった。それまで動けないよね？」

「白戸、目をしょぼつかせてるな。昨夜《ゆうべ》は疚《やま》しいことをしてるホステスをホテルに連れ込んだんだよな。おまえ、パンダみたいに隈《くま》を作ってるぞ」

「ちょっと寝不足なんだ」

「まさか覚醒剤《シャブ》やってる女と一緒に注射器《ポンプ》を使ったんじゃないだろうな」

「そこまで堕落してないって」

「本当か？　炙《あぶ》りでも、体に覚醒剤《シャブ》を入れてないだろうな。どうなんだ？」

「炙りもやってない」

「それじゃ、パートナーのあそこと肛門に白い粉をまぶして、交互に突っ込んだのか。それでも、尿道から麻薬が入っちまうからな。おまえの疲れ方は普通じゃない」

「おれは覚醒剤《シャブ》漬けの女を抱いたりしないよ」

「二人の女を相手に励んだだけか。おまえの女好きは病的だな」

「とにかく、眠いんだ。おれ、塒《ねぐら》で寝たいですよ」

「しょうのない奴だな。まだ正午前じゃないか。睡魔を追い払って、もう少し頑張れや」

「室長、白戸君は本当にお疲れの様子ですよ。村中が日本に帰ってくるまで動けないんなら、きょうは臨時休業にしませんか？」

勝又が提案した。

「そのへんの商店じゃないんだ。そんなことできない。勝又、おまえはアイドルユニットのライブに駆けつけたくなったんじゃないのか。え?」

「この時刻からライブをやってるとこなんかありませんよ。いまや国民的アイドルグループになりつつあるんですから、〝ももいろクローバーZ〟のことを少し勉強してください。そうだ、ロッカーの中に入れてあるリュックにシングルのCDが七、八枚収まってるな。彼女たちのインタビュー記事が載った芸能誌も入ってるんですよ。いま、取ってきます」

「立つんじゃない」

能塚が、腰を浮かせた勝又を力ずくでソファに坐らせた。尾津は笑いを堪《こら》えられなくなった。白戸も笑い声をたてた。

そのとき、二係の大久保係長が分室に入ってきた。

「大久保ちゃん、大きな成果がありました?」

「きのう、どうした?」

「いや、なかったね。おれは稲葉の女房と倅が結託して、殺し屋《プロ》に被害者を射殺させた疑いがあると思ったんだが、どうも二人はシロだな」

「そうですか。尾津君と白戸君は、誰を調べ直したんです？」

「二人は、浪友会羽鳥組の組長を揺さぶったんだよ。羽鳥組は六年近く前から稲葉組と対立してたんだよな？」

能塚が大久保に確かめる。

「ええ、そうです。それで、捜査本部も二係《うち》の継続捜査班も羽鳥幸夫のことを徹底的に調べ上げたんですよ。しかし、本事案には関わってないという結論に達したんです」

「そうだったな。うちのチームの調べでも、羽鳥はシロと判断したんだ。けど、毎朝日報の村中が、まだ残ってるな。捜査資料に村中が警察の不祥事を被害者の稲葉に教えてたことは詳しく記述されてたが、どうもそれだけじゃなかったようだぜ」

「もっと悪事を働いてたんですね？」

「その疑いが濃いんだ。きのう、尾津・白戸班は羽鳥を追い込んでから、毎朝日報東京本社に行ったんだよ」

「そうですか」

「デスクは村中より年下なんで、ごろつき記者に気を遣って悪口は一切《いっさい》言わなかったそうなんだよ。でもさ、同僚の記者たちはいろいろ情報をくれたらしいんだ」

「室長、後はおれが話しましょう」

尾津は能塚に告げ、前日に得た新情報の内容を喋った。

「村中はクラブを借り切って豪遊してるだけじゃなく、乃木坂に秘密のセカンドハウスを持ってたのか。堕落した新聞記者は単独で、後ろ暗いことをやった警察関係者から金を脅し取ってたのかね。それとも、殺された稲葉と共謀してたんだろうか」

「単独か共犯だったかまだ判断がつきませんが、第三者を使って口止め料をせびってたと思われます。それだから、村中が急に金回りがよくなったんでしょう」

「そうなんだろうか」

「村中が誰かに稲葉を片づけさせたんだとしたら、恐喝の取り分を巡って二人は揉めてたんでしょう」

「ああ、そう筋を読んでもいいだろう」

「同僚記者たちの話によると、村中はいまもブラックジャーナリストや経済やくざなんかとつき合ってるらしいんですよ」

「そうなら、村中記者がアウトローたちに実行犯を見つけてもらったんではないかね」

「ええ、そうなのかもしれません。村中がハワイから戻ったら、おれは白戸と一緒に遊軍記者に張りつきます」

「よろしく頼む。その前に、ちょっと気になる情報が警察庁の首席監察官からもたらされたんだ。ある警察官僚《キャリア》の母方の従弟《いとこ》が五年近く前に詐欺容疑で逮捕されたんだが、なぜか不起訴処分になったらしいんだよ」

「大久保ちゃん、そのキャリアというのは誰なんだい？」

能塚が訊いた。

「かつて本庁警備一課の課長補佐をやってた浦上和義《うらがみかずよし》、四十一歳です。四年前に総務部能率管理課に異動になって、ポストは同じままです。警備部と公安部はエリートコースですから、浦上は出世レースから外されたと見てもいいでしょうね」

「異動先が総務部能率管理課なら、大久保ちゃんの言う通りだな。浦上の従弟のことを教えてくれないか」

「里見彰《さとみあきら》という名で、満三十九歳です。里見は都内の私大を出ると、大手芸能プロダクションに就職したんです。三十二のときに担当してた女性タレントと心中未遂を起こして、解雇されてます。女性タレントを巻き添えにして、この世から消えようとしたようです」

「その後は、どうしてたんだい？」

「職を転々としてたそうです。まだ独身なので、なんとか喰いつなげたんでしょうね」

「そうなんだろう」

「でも、四年数カ月前に少しまとまった金が欲しくなったようで、代々木《よよぎ》署管内に住む老女から三百万円を騙し取ったんですよ。里見は太陽光パネルの会社の営業マンを装って、工事代の名目で現金を受け取り、そのまま北陸地方に逃げたんです。しかし、潜伏先で逮捕されてしまったんですよ。起訴材料が揃ってるのに、不起訴処分になりました。加害者の従兄である浦上が動いたと思われます」

「多分、そうだったんだろうな。浦上は東京地検の検事に泣きついて、示談にうまく持ち込んで里見を救ってやったんだろう」

「警察庁《サッチョウ》の首席監察官もそう推測したそうですが、裏取引の証拠は摑めなかったらしいんですよ」

「おそらく警視庁《うち》の上層部の誰かが地検に働きかけたんで、浦上の母方の従弟は不起訴処分になったんだろう」

「そうなんでしょうね。それはそれとして、首席監察官は浦上が従弟の不起訴直後、新宿西口の高層ホテルのティールームで稲葉と二人だけで会ってたのを確認したらしいんですよ」

「なんだって!?　稲葉はごろつき記者から浦上の弱みを教えられ、多額の口止め料を毟《むし》る気だったんじゃないか」

「わたしも、そう思いました。浦上は際限《さいげん》なく強請《ゆす》られたんで、第三者に稲葉を始末させる気になったのかもしれませんよ」

「そうだな」

「浦上と里見の個人情報を用意しましたんで、チームでちょっと調べてもらえませんかね」

大久保係長がそう言い、持っていた茶封筒を差し出した。能塚が受け取る。

「畤には戻れなくなったな。ブラックでコーヒーを五、六杯飲んで、眠気を吹っ飛ばせ」

尾津は隣席の白戸に耳打ちした。

白戸が溜息をついた。尾津は巨漢刑事に同情しながらも、何も言わなかった。現場捜査を優先すべきだろう。

4

目的の賃貸マンションは近くにあるはずだ。

尾津はスカイラインの助手席で、捜査資料を確認した。本家の大久保係長が用意してくれた里見彰の個人情報だ。

尾津たちコンビは本部庁舎の一階にある食堂でカレーライスを掻《か》き込むと、覆面パトカーに乗り込んだ。午後一時を十分ほど回っていた。

車は中野区若宮《わかみや》一丁目を走行中だった。

「里見の家に行く前に、どっかで軽くラーメンでも喰わない？」

白戸がスカイラインを運転しながら、唐突に言った。

「昼飯を喰ったばかりじゃないか」

「そうだけどさ、警視庁《うち》の食堂のカレーライスは量が少ないんだよな」

「おれは、ちょうどいい量だと思ってるよ」

「尾津さんは、あんまり喰わないからね」

「おれは別に少食じゃないよ。おまえが大食漢なのさ」

「この体格《ガタイ》だから、がっつり食べないと保《も》たないんだよな」

「まだ我慢できないわけじゃないんだろ？」

「まあね」

「だったら、里見に探りを入れてからにしようや。おれはシューマイでも喰うよ。ラーメンじゃ、ちょいと重すぎるからな」

「わかった、そうしよう。それはそうと、浦上の母方の従弟は根っからの詐欺師なんじゃないの？　大久保係長が集めてくれた情報だと、怪しげなダイエット剤や精力剤を自宅マンションをオフィスにして通信販売してるようだからね。どうせ偽薬を高く売りつけてるにちがいないよ」

「ああ、おそらくな」

「尾津さん、薬事法違反疑いで里見を任意で引っ張って、取り調べてみようよ」

「そのあたりは、成り行きに任せよう。とりあえずマンション管理会社の者になりすまして、里見に部屋のドアを開けさせよう」

「了解！　いま思いついたんだけどさ、おれ、組員に化けてクレーマーになるよ。精力剤をせっせと服《の》んだんだけど、いっこうに効き目がなかったと凄めば……」

「偽の精力剤を売ってたら、里見は焦《あせ》るだろうな。しかし、顧客リストにおまえの名は載《の》ってないわけだから、嘘はすぐにバレちまうだろう」

「そっか、そうだな。何か別の手を考えないとね。それにしても、なんかまどろっこしいな。尾津さんは外堀から攻めようと言ってたけどさ、浦上和義を直《じか》に揺さぶってみたほうがよかったんじゃない？　まさか相手がキャリアなんで、尾津さん、ビビったわけじゃないよね？」

「おれには上昇志向なんかない。相手がキャリアや準キャリでも、下手に出る気なんかないよ。ただな、浦上が従弟を不起訴にさせたという物証があるわけじゃない」

尾津は言った。

「そうだね」

「だから、いきなり本丸に攻め込むわけにはいかないじゃないか」

「そういうことか。おっ、少し先に『若宮エルコート』があったぞ」

「白戸、車をマンションの少し手前で停めてくれ」

「了解！」

白戸が覆面パトカーを『若宮エルコート』の四、五十メートル手前の民家の石塀《いしべい》に寄せた。

尾津はシートベルトを外した。

そのとき、またもやソーニャ・ラシドフの顔が脳裏を掠《かす》めた。一夜限りの触《ふ》れ合いで終わらせたことを心のどこかで惜《お》しいと思っているのか。

これまで尾津は、ソーニャのほかに三人の白人女性と肌を重ねた。いずれも金で自由になる相手で、性交に情感は伴っていなかった。体の相性《あいしょう》もよかったとは言えない。

だが、ソーニャは英米人のようにドライではなかった。どこか控え目で、体も合った。それで、未練めいたものを感じているのか。あるいは、ソーニャに一目惚《ひとめぼ》れしてしまったのだろうか。

後者だとしたら、いつもの自分らしくない。どうかしている。

尾津は自嘲して、助手席から出た。待つほどもなく白戸がスカイラインを降りた。

二人は肩を並べて進み、里見の自宅マンションのエントランスロビーに足を踏み入れた。玄関はオートロック・システムにはなっていなかった。

里見は四〇一号室を借りている。尾津たちコンビは、エレベーターで四階に上がった。

里見の部屋は、エレベーターホールの左手にあった。

「函《ケージ》の中で思いついたんだが、おれたちはマンション管理会社に依頼されて動いてる盗聴器ハンターに化けよう」

尾津は相棒に囁《ささや》いた。

「盗聴器ハンターと称して四〇一号室に入り込んだ後《あと》は、どうするわけ？」

「強請屋を装って、里見が母方の従兄の浦上に詐欺事件を不起訴にしてもらえるよう働きかけたかどうか探りを入れてみるんだ。白戸、どうだい？」

「悪くない手だと思うね。その作戦で行こうよ」

白戸が答えた。

尾津は四〇一号室の前に立ち、インターフォンを響かせた。ややあって、男の声で応答があった。

「どなた？」

「マンション管理会社の依頼で、この建物に盗聴器が仕掛けられているか検《しら》べてる盗聴器ハンターです」

「盗聴器が仕掛けられた部屋があったの？」

「ええ、五軒ほどのお宅にコンセント型盗聴器が仕掛けられてました」

「本当に!?」

「ええ。三口《みつくち》コンセントをこっそり交換されたお宅が三軒、延長コードのタップに盗聴マイクを仕込まれた部屋が二軒でした」

「誰がそんなことをしたのかな」

「犯行目的は、情事の音声を聴くことだったんでしょう。どのお宅も寝室に盗聴器が仕掛けられてましたんでね」

尾津は、もっともらしく言った。

「多くの男は他人のナニの音声を聴きたいという願望を秘めてるだろうけど、実際に盗聴器を仕掛けるのはまずいな。れっきとした犯罪だから」

「おっしゃる通りですね」

「でも、わたしの部屋は問題ないと思います。独り暮らしだし、女を部屋に連れ込んだりしてないから」

「過去にそうしたことは一度もしてませんか？」

「いや、二、三回はあるね。相手の女がラブホテルじゃ厭《いや》だと言ったんで、部屋で睦《むつ》み合ったんだ」

「それでしたら、盗聴器を仕掛けられてるかもしれませんよ。盗聴マイクはコンセントやタップの中だけじゃなく、エアコン、ラジカセ、電気スタンド、目覚まし時計の内部にも……」

「えっ、そうなの!? 危《ヤバ》いなあ。チェックしてもらったほうがよさそうだな」

「そのほうがいいでしょう」

「わかりました。いま、ドアを開けます」

部屋の主の声が途切れた。

尾津は少し後退した。白戸と顔を合わせ、ほくそ笑《え》む。

四〇一号室の象牙色のドアが開けられた。

姿を見せた里見は、写真よりも少し老けていた。のっぺりとした顔で、これといった特徴はない。

「『東西セキュリティー』の鈴木《すずき》です。部下は佐藤《さとう》といいます」

尾津は、ありふれた姓を騙《かた》った。白戸がにこやかに会釈《えしゃく》する。

「あれっ、道具は？　盗聴器を見つけるには、広域電波受信機《マルチ・バンドレシーバー》が必要でしょ？」

「マルチ・バンドレシーバーは、もちろん車に積んであります。われわれは長年の勘で、盗聴器が仕掛けてあるかどうか見抜けるんですよ」

「そうなんですか。凄いな。どうぞ入ってください」

里見が玄関マットまで後退した。尾津たちは四〇一号室に上がり込んだ。

間取りは2LDKだった。居間の左側の和室には、痩《や》せ薬や精力剤の箱が堆《うずたか》く積み上げられている。右側の洋室はベッドルームだった。

コンビは二手に分かれ、家電製品やコンセントを覗き込んだり、触れたりした。

「それだけで、盗聴マイクが仕掛けられてるかどうかわかるんですか!?」

尾津と一緒に寝室に入った里見が、目を丸くした。

「ええ、そうなんですよ。ネジを外して中身をチェックしなくても、われわれには内部の異変を感じ取れるんです」

「たいしたもんだな。コンセントの蓋《ふた》なんか外さなくたって、あなた方には中が透けて見えるわけか」

「そう思っていただいてもいいでしょうね。とにかく、わかるんです」

「そうですか。リビングに盗聴器は仕掛けられてないという話だったが、寝室はどうなんだろうか。ちょっと不安だな。連れ込んだ女のひとりは、よがり声が凄かったんですよ。四階の各室に聞こえるんじゃないかと思うと、ナニに集中できなかったな」

「それでも、中折れにはならなかったんでしょ？　和室には、中国、韓国、アメリカ、ブラジルから輸入したと思われる強壮剤や精力剤がたくさんありましたから」

「どれも売り物なんですよ。偽薬ではないんですが、バイアグラのように速効性があるわけじゃないんです」

「気休めなのかな？」

「ま、そうですね。しかし、七十代、八十代になっても現役でいたいと思う爺《じい》さんたちが多くて、割に売れてるんですよ」

「痩せ薬も、ほとんど効き目はないのかな？」

「九十九パーセント、薬効はないはずです。でも、太ってることを気にしてる女性たちが全国にたくさんいるんで、結構、売れるんだよね」

「おいしいビジネスをしてるようですが、薬事法に引っかからないんですかね？」

「捕まる前に商売替えするつもりなんだ。運悪く検挙されたら、母方の従兄に泣きつきますよ」

「その方は、検事か判事なんですか？」

「いや、警察官僚なんだ」

「警察庁のお偉いさんなのかな？」

「詳しいことは話せないな。それより、この寝室に盗聴器は仕掛けられてるんですか？」

「いいえ、ご安心ください」

尾津は、里見に笑顔を向けた。里見が安堵《あんど》した顔つきになった。

居間に移ると、和室から白戸が現われた。

「和室とダイニングキッチンには、盗聴器はなかったね。鈴木さん、寝室はどうでした？」

「厄介な物は仕掛けられてなかったよ。佐藤、残りのトイレ、洗面所、浴室も一応、チェックしよう」

尾津は言って、ダイニングキッチンを抜けた。白戸が従《つ》いてくる。コンビは検《しら》べる真似《まね》をして、じきに居間に戻った。

リビングソファに腰かけていた里見が腰を浮かせた。

「どうでした？」

「四〇一号室はセーフでした」

「そうですか。これで、安心だな」

「安心するのは、まだ早いぜ。尻《けつ》をソファに戻すんだ!」

尾津は命じた。

「急に口調が変わったのは、どうしてなんです? おたくらは、本当に『東西セキュリティー』という会社の者なのかっ」

「おれたちは盗聴器ハンターなんかじゃない。とにかく、坐れ!」

「な、何者なんだ?」

里見がソファに腰を落とした。

「わかりやすく言うと、おれたちは恐喝屋だよ」

「ええっ!? 部下は柄が悪そうなんで、堅気じゃないかもしれないと思ってたんだが……」

「悪い予感が当たったな」

「わたしは後ろ指を指《さ》されるようなことはしてないぞ」

「よく言うな」

白戸が口を歪《ゆが》めた。

「本当に何も悪いことはしてないよ」

「あんたは以前、代々木署管内で詐欺を働いた。太陽光パネルの設置工事代の名目で、老女から三百万円を詐取《さしゅ》したよな？」

「そ、そんなこと……」

「空とぼけても無駄だぜ。おれたちは何もかも調べ上げたんだ」

「何もかもだって？」

　里見が白戸に訊き返した。

「ああ、そうだ。あんたは母方の従兄の浦上和義に泣きついて、不起訴になるよう動いてもらったな？」

「従兄のことまで知ってるのか!?」

「浦上は従弟が詐欺容疑で起訴されたら、一族の恥になると考えて、先輩格のキャリアに相談し、東京地検の検事に鼻薬を嗅《か》がせたんじゃないのかい？」

「その件では、もう示談が成立してる。わたしに工事代を預けた客が自分の勘違いに気づいて、代々木署にそのことを話したんだよ。わたしが地検に送られた二日後にね」

「勘違いだって？」

　尾津は目顔《めがお》で白戸を制し、部屋の主に問いかけた。

「そうだよ。太陽光パネルの製造が間に合わないんで、工事は一年近く先になると口頭で伝えてあったんだ。でも、客のお婆さんはそのことをすっかり忘れて、九ヵ月後に工事代金を騙し取られたと所轄署に訴えたんだよ。工事の開始時期について文書で明記しなかったことは、確かに当方のミスだね。だから、そのことを先方に謝罪して預かり金もそっくり返済したんだ。それで和解が成立したんで、起訴されなかったわけさ」

「おれたちの調べでは、そっちを詐欺容疑で代々木署に告発した加賀年江《かがとしえ》さん、八十二歳は警察関係者に示談にされたと証言してるんだよ。彼女の孫のひとりが脱法ハーブの幻覚で暴れて制服警官に保護されるとき、相手を蹴ってしまったらしい。そのことに目をつぶってやるから、そっちと和解しろと裏取引を持ちかけられたそうだぜ」

「えっ」

里見が絶句した。当て推量だったが、どうやら図星だったようだ。

「そっちが計画的に詐欺を働いたことは、もう隠しようがないんだよ。加賀年江さんに渡した名刺に記《しる》されてた会社は実在しなかったからな。宇都宮《うつのみや》優《まさる》という偽名を使ったこともわかってるんだ」

「なんて日だっ」

「少し前に、そんなギャグを流行《はや》らせた漫才師がいたよな」

「…………」

「急に日本語が通じなくなったな。筆談に切り換えてやってもいいぜ」

「和解は成立してるんだ。加賀の婆さんは、なんで事実を話そうとしないんだろうか。なんだったら、おたくらと加賀さんの自宅に行ってもいいよ。わたしは絶対に嘘なんかついてない」

「際《きわ》どい芝居をするじゃないか。おたくがそのつもりなら、そっちが怪しげな痩せ薬と強壮剤を売ってることを厚労省の薬事局か、警視庁捜査二課知能犯係にリークすることになるぞ。それでもいいのかな？」

「………」

「また黙り込んだか。逮捕《パク》られる覚悟ができたってことらしいね」

「違う、そうじゃないんだ。違うんだよ」

「どう違うんだっ。言ってみろ！」

「おたくたちの狙いがなんなのか、考えてたんだよ。いまの商売ができなくなるのは、とっても困る。困るんだよ」

「だから？」

「いま自宅には、現金が二百万ぐらいある。それをそっくり差し上げますから、昔の詐欺騒ぎと現在のビジネスの両方をつつかないでほしいんだ。お願いしますよ」

「いま、そっちは二百万と言ったのか？　それとも、二千万円と言ったのかな？」

尾津は意地悪く問い返した。

「二百万です。そう言ったんですよ」

「いまは昭和三十年代かい？　それなら、二百万円は大金だ」

「預金を全額引き下ろせば、四百万円ぐらいは工面《くめん》できそうだな。それで、手を打ってもらえませんか。どうかこの通りです」

里見は両手を合わせて、さらに頭を大きく下げた。

「そんな端金《はしたがね》を貰っても仕方がない。ちょっと気の利いた銀座のクラブでドンペリのゴールドを五、六本抜かせたら、それぐらいの勘定になるからな」

「そうでしょうけど……」

「二千万円以下の口止め料を貰ったら、おれたちの格が下がっちまう。銭はいらない。その代わり、そっちの命を貰うぜ。おれたち二人に無駄足を踏ませたわけだからな。決着《オトシマエ》はつけてもらわないとな」

尾津はことさら冷然と言って、懐からシグ・ザウエルP230を引き抜いた。安全弁を手早く外し、スライドを滑らせる。

「そ、それ、モデルガンじゃありませんよね？」

「もちろん、本物《モノホン》だよ」

「そうだとしても、撃てないでしょ？　銃声がこのマンションの居住者《きょじゅうしゃ》に聞こえちゃうから」

里見が言った。尾津はにたりとして、手前のソファから背当てクッションを摑み上げた。銃口をクッションの中に埋める。

里見が意味不明の短い言葉を発し、反《そ》り身になった。右腕を前に突き出し、わなわなと震えはじめる。

「こ、殺さないでください」

「口止め料は、そっちの従兄の浦上から貰うことにしてもいいよ。詐欺の件で、そっちは浦上に動いてもらったんだろ？　それから、浦上に協力した警察官僚がいそうだな」

「それは……」

「正直に答えないと、若死にすることになるぞ。里見、早くくたばりたいのかっ」

「撃たないで！　撃たないでください。起訴されたくなかったんで、特別に従兄に面会させてもらったんです。それで、なんとかしてほしいと頼みました」

「やっぱり、そうだったか。多分、浦上は東京地検の検事を抱き込んだんだろう。その相手は、そっちの従兄と旧知の仲だったのかい？　それとも、浦上の先輩のキャリアと親しかったのか？」

「そのあたりのことはわかりません。従兄はわたしに『なんとかしてやるから、自棄《やけ》を絶対に起こすなよ』と言っただけなんです。単独で裏で動いてくれたのか、有力な警察官僚の手を借りたのか。そのへんのことはわかりませんけど、わたしは不起訴処分になって東京拘置所から出ることができたんです」

「そうか。太陽光パネルの工事代は、もちろん詐取する気だったんだろ？」

「まともに答えたら、再逮捕されて今度は起訴されちゃうな」

「それだけ聞けば、浦上は親族の恥を隠蔽《いんぺい》するため、詐欺事件の被害者の孫の件を持ち出して強引に示談に応じさせたにちがいない」

「おおかた、そうなんでしょう」

「浦上に余計なことを喋ったら……」

「わかってますよ」

「どうわかってるんだい？」

「このわたしを殺すってことなんでしょ？」

「当たりだ。単なる威《おど》しと思ってたら、あの世で悔やむことになるぞ」

尾津は背当てクッションを居間の隅に投げ、拳銃のセーフティー・ロックを掛けた。

第三章　他人の弱み

1

死角だった。

エレベーターホールからは、自分の姿は見えないはずだ。

尾津は本部庁舎の十階の一隅に身を潜めていた。

午後五時過ぎだった。尾津たちコンビは里見の自宅マンションからアジトに戻り、浦上和義をマークすることになっていた。

このフロアは、総務部の各課が使っている。浦上が属している能率管理課は、エレベーターホールから少し離れていた。

白戸は地下三階の車庫で待機中だった。大久保係長の情報によると、浦上は午後五時過ぎに退庁することが多いらしい。総務部のスタッフはデスクワークに携《たずさ》わり、たいてい決まった時刻に家路につく。

浦上の自宅は練馬《ねりま》区内にある。電車で帰宅しているが、タクシーを利用することもあるようだ。

そんなわけで、コンビは二手に分かれたのである。浦上が地下鉄電車に乗るようなら、尾津はただちに白戸に連絡をすることになっていた。

十数分待つと、浦上が姿を見せた。

黒いビジネスバッグを提《さ》げ、春物の白っぽいコートを小脇に抱えている。理智的な面立ちで、上背もあった。

尾津は浦上とまったく面識がなかった。大胆に近づいても、特に問題はないだろう。ごく自然な足取りでエレベーターホールまで歩き、浦上の斜め後ろに立つ。

警察官僚は階数表示盤を見上げたまま、振り向くことはなかった。

ほどなくエレベーターの扉が左右に割れた。

浦上が先に函《ケージ》の中に入った。尾津はケージに乗り込み、すぐに浦上に背を向けた。

一階のボタンが灯《とも》っている。浦上は職場を出るのだろう。エレベーターが下降しはじめた。

「外部の方かな？」

浦上が不意に声をかけてきた。尾津は一瞬だけ振り返った。

「はい」

「やっぱり、そうだったか。十階で働いている者は、ほとんど顔を知ってる。何屋さんなのかな？」

「事務機器メーカーの営業部の者です」

「そう。ご苦労さま！」

浦上が口を結んだ。探《さぐ》りを入れてきたのかもしれない。尾津はそんな気がしたが、自分からは話しかけなかった。

エレベーターが停まった。一階だった。

尾津は先にケージを出て、懐から携帯電話を取り出した。着信の有無《うむ》を確かめる振りをしつつ、浦上の後ろ姿を目で追う。

浦上は職員通用口に向かっていた。尾津は後《あと》を追った。

浦上は警視庁本部庁舎を出ると、最寄《もよ》りの桜田門《さくらだもん》駅には足を向けなかった。桜田通りを突っ切り、内堀《うちぼり》通りを日比谷方面に歩きはじめた。まっすぐ帰宅するのではないようだ。

尾津は浦上を尾《つ》けながら、白戸に電話をかけた。浦上を尾行中であることを告げ、現在地を教える。

日比谷交差点に差しかかる手前で、白戸が追いついた。

「対象者《マルタイ》は誰かと会うことになってるんじゃねえのかな。尾津さん、どう思う？」

「そうなのかもしれないな」

「銀座まで歩く気なのか。それとも、有楽町《ゆうらくちょう》あたりで誰かと会うのかね。案外、浦上は不倫してたりして」

「それは考えられないだろう。キャリアたちは出世欲が強いから、たいてい品行方正だぜ」

「けど、浦上は従弟の件でエリートコースから外されちゃったんだよ。四年前に警備一課から総務部能率管理課に飛ばされて腐ってたんじゃない？」

「だから、もう出世は諦《あきら》めて人生をエンジョイする気になったんじゃないかってことだな？」

「そう。で、女遊びをする気になったのかもしれないよ」

「好色な白戸らしい発想だな」

「ゲイじゃなければ、男はどいつも女好きでしょ？　尾津さんも、女は嫌いじゃないよね？」

「まあな。しかし、おれは白戸ほどじゃない。おまえは三日もセックスレスだと、誰かを強姦しそうになるんだろ？」

「そこまで動物的じゃないけど、鼻血が出そうになるし、夢精もしそうになるね」

「オットセイみたいな男だな」

「おれのことはともかくさ、キャリア殿も女にうつつを抜かすようになったんじゃねえのかな。だったら、追い込む材料が増えるね」

「浦上が浮気してるかどうかわからないぜ。結婚して十年も経《た》ってないんだから、不倫には走らないんじゃないのか」

「既婚男性の多くは結婚して三年目ぐらいから浮気願望を抱くようになるって統計が週刊誌に載ってたよ。独身でもさ、同じ女を数年抱いたら、新鮮さは薄れるよね？　体の隅々《すみずみ》までわかってるし、反応の仕方も知ってるわけだからさ」

「おまえの言う通りなんだが、浦上は不倫なんかしてない気がするな」

「女と会うわけではないなら、従弟を不起訴にしてくれた先輩キャリアか東京地検の検事と落ち合うことになってるのかもしれねえな。そうなら、手間が省《はぶ》けるね」

「おまえは楽観的だね。そんなに都合よくはいかないさ」

コンビは口を閉じ、尾行を続行した。

浦上は日比谷駅から地下鉄に乗った。尾津たち二人は、浦上と同じ車輛に乗り込んだ。警察官僚は、大手町《おおてまち》駅で下車した。

尾津たちもホームに降りた。浦上はホームのベンチに腰かけ、エスカレーターに視線を向けはじめた。

尾津たちは物陰に隠れ、浦上の様子をうかがった。浦上は上《のぼ》りのエスカレーターを利用する若い女性ばかりを眺めている。そのすべてがスカートを穿《は》いていた。

「浦上はミニスカートの女を粘《ねば》っこい目で見てるね」

白戸が小声で言った。

「そうだな。もしかしたら、浦上は常習の盗撮犯なのかもしれない。短いスカートを穿いた若い女の後ろにぴったりとついて、スマートフォンのカメラで下半身を盗み撮りしてるんだろうか」

「その目つきは獲物を狙ってるみたいだから、おそらくビンゴだろうね。けど、パンストやガードルを盗み撮りしても、そんなに興奮材料にはならないと思うがな。ノーパンでスカートを穿いてる女はいないだろうから、秘めやかな部分を撮れるわけじゃないのに」

「パンティーや太腿《ふともも》を動画撮影するほうがエロチックなんだろう。剝《む》き出しのヒップや性器を盗み撮りするよりな」

「そうなんだけどさ、盗撮マニアたちは異常だよ。ネットで痴漢や盗撮マニアが情報を交換してるみたいだけど、どいつも変態だね。堅い職業に就いてる奴が多いらしいけど、卑劣も卑劣だよ。そいつらを横に並ばせて、ひとりずつ強烈なパンチを浴びせてやりたいね」

「白戸の気持ちはわかるよ。殴るだけじゃなく、そいつらのシンボルをターボライターの炎で焼いてもいいな」

「過激だね。尾津さんのアナーキーぶり、おれは好きだよ。正義の使者気取りの警察官《サツカン》が多いけど、そいつらは偽善者だね。人間として価値のない下劣《げれつ》な奴らは、とことん痛めつけるべきだよ。法で罰《ばっ》しても、そいつらが心から反省するとは考えにくいからさ」

「おっ、浦上がベンチから立ち上がったぞ」

尾津は視線を伸ばした。

浦上はホームに入線してくる電車に目を当てていた。じきに電車がホームに滑り込んだ。ドアが開き、乗客がどっと降りる。

浦上は、しきりにあたりを見回していた。〝獲物〟を物色しているにちがいない。

浦上が上りのエスカレーターに向かう人々の流れに紛《まぎ》れ込んだ。彼の前には、二十歳《はたち》前後の派手な服をまとった女性がいた。スカート丈《たけ》は極端に短い。

浦上は、その彼女の真後ろについた。そのまま、エスカレーターのステップに足を掛ける。

尾津たちは斜めからエスカレーターを見上げた。浦上が身を屈《かが》め、右腕を前の女性のスカートに近づけた。残念ながら、スマートフォンを手にしているかどうかは確認できない。

しかし、動きが不自然だった。ミニスカートの中を盗み撮りした疑いは濃い。

「盗撮したようだね。尾津さん、上に行こうよ」

白戸が言った。尾津は無言でうなずいた。

二人は上りのエスカレーターに乗った。すでに浦上の姿は視界から消えていた。エスカレーターを上り切ると、浦上は連絡通路を急ぎ足で歩いていた。

「乗り換えのホームのエスカレーターで、また盗撮するんじゃないのかな」

白戸が歩きながら、そう言った。

「そうなんだろうか。ひょっとすると、次は地上に出る階段でスカートの中を隠し撮りするのかもしれないぞ」

「それ、考えられるね」

「対象者《マルタイ》を見失わないようにしよう」

尾津は白戸に言って、足を速《はや》めた。浦上は階段の昇降口の手前で立ち止まり、目まぐるしく視線を巡《めぐ》らせた。

十分以上たたずんでいたが、あいにくスカートを穿いた若い女性は見当たらない。浦上は人待ち顔でわざとらしく腕時計を覗き込んでから、コンコースを逆にたどりはじめた。

「盗撮に成功したと思われる場所に戻って、次の獲物を狙う気分になったんじゃないか」

尾津は白戸に言った。

「そうなんだろうな。盗撮を確認できたら、浦上を取っ捕まえようよ」

「ああ、そうしよう。それで、人のいない場所でキャリアを追及する。白戸、いいな？」

「了解！　盗撮した動画を再生すれば、浦上は観念して口を割るんじゃないの？」

「だろうな」

二人は一定の距離を保《たも》ちながら、浦上を追尾《ついび》しつづけた。

尾津の予想通りだった。浦上は、さきほどのホームに下《くだ》った。尾津・白戸コンビも倣《なら》った。

浦上はまたベンチに坐り、電車を待った。

二分ほど経過すると、電車が入線した。浦上は立ち上がり、左右を見た。十七、八歳の美少女に目が留《と》まった。

美少女のスカートは、マイクロミニだった。いまにもパンティーが見えそうだ。

浦上が人波を掻き分け、美少女の真後ろに迫った。尾津は、二人の乗客を挟んでエスカレーターに乗った。白戸は、すぐ後ろに立った。

エスカレーターの上で、浦上が急にコートを肩に掛けた。

コートを目隠しにする気なのではないか。尾津は、そう直感した。浦上がビジネスバッグを左手に移し、右手を上着のポケットに突っ込んだ。

尾津は少し横に動いた。浦上がポケットから摑み出したのは、スマートフォンだった。

尾津は小さく振り返った。

「対象者《マルタイ》はやるだろう」

「了解！」

白戸が低く応じた。

そのとき、浦上が美少女に接近した。前屈みになって、スマートフォンをスカートの下に潜《もぐ》らせた。

次の瞬間、美少女が小さく振り向いた。妙な気配を感じ取ったのだろう。浦上が焦って身を反《そ》らす。

美少女が少し顔をしかめ、前に向き直った。浦上が急いでスマートフォンを上着のポケットに滑り込ませ、ビジネスバッグを利き手に持ち替えた。肩からコートを滑《すべ》らせ、左手で持つ。

美少女がエスカレーターから離れると、浦上の前に立ち塞《ふさ》がった。

「あんたさ、変なことをしたでしょ！」

「変なこと？」

「ばっくれないでよ。スマホで、あたしのスカートの中を隠し撮りしたんじゃない？」

「おかしなことを言わないでくれ。わたしは盗撮なんかしてないっ」

「スマホをちょっと見せてよ」

「わたしは国家公務員なんだ。犯罪行為なんて断じてしてない」

「疚《やま》しくないんだったら、スマホを見せられるはずでしょ！」

「言いがかりをつけるんじゃないっ」

浦上が声を張り、美少女を強く突き飛ばした。

美少女が尻餅《しりもち》をつく。

浦上が勢いよく走りだした。逃げる気なのだろう。尾津は美少女のことが気になったが、浦上を追った。白戸も駆けはじめた。

浦上はビジネスバッグとコートを胸に抱えて懸命に駆けている。意外にも逃げ足は速い。

　尾津たちは少しずつ引き離されはじめた。

　浦上はコンコースを駆け回り、男性用トイレに逃げ込んだ。尾津たちは手洗いに走り入った。

　小便器の前に四人の男が立っていたが、浦上の姿は見当たらない。大便用のブースに隠れているのだろう。

　尾津たち二人は、いったんトイレから出た。出入口のそばで十分ほど時間を遣《や》り過ごしていると、手洗いから浦上が出てきた。

「きみは、エレベーターで一緒になった……」

「そうです。実は、捜一《そういち》の二係の者なんですよ」

　尾津は姓だけを名乗って、警察手帳を短く見せた。白戸が抜け目なく浦上の背後に回り込む。

「警察官僚に盗撮癖があったなんて、ちょいと嘆《なげ》かわしいな」

「きみは何を言ってるんだっ」

「浦上さんよ、もう空とぼけても意味ねえぜ。おれたち二人は、おたくが上りのエスカレーターで隠し撮りしたのを見たんだよ。さっき突き飛ばした美少女のスカートの中は撮り損なったかもしれないけどさ」

「無礼なことを言うなっ」

浦上が気色《けしき》ばんだ。白戸が無言で、浦上を羽交《はが》いじめにした。黒いビジネスバッグとコートが通路に落ちた。

「ちょっと失礼しますよ」

尾津は断ってから、浦上の上着の内ポケットからスマートフォンを取り出した。すぐに動画を再生する。

スカートの中を隠し撮りした動画がたくさん保存されていた。被害者は十数人だった。美少女のヒップも盗撮されている。

浦上がうなだれ、低く呟いた。

「わたしの人生は、もう終わりだ」

「なんだって盗撮なんかする気になったんです？」

「あることで躓《つまず》いたんで、四年前から気持ちがむしゃくしゃしてたんだよ」

尾津は浦上に質問した。

「そのころ、警備一課から総務部能率管理課に異動になったんですね？　ポストは同じだが、マイナーと思われてる課に飛ばされた」

「わたしは何もミスはしてなかったんだが、親類の者が……」

「母方の従弟の里見彰が詐欺事件を起こして、東京地検に送致されたんでしょ？」

「そこまで調べてたのか」

「浦上さんは従弟に泣きつかれて、不起訴処分になるよう裏で動いたんでしょ？」

「えっ⁉」

「実は、おれたちはあなたの従弟に会ってるんですよ。裏工作したことを否定しても、意味ないと思います。里見彰がもう全面自供しましたんでね」

「彰の奴め！」

浦上は忌々《いまいま》しげだった。

「あなたは誰を抱き込んで、従弟の起訴を回避させたんです？　先輩筋のキャリアか、東京地検の検事に協力してもらったんでしょ？」

「その質問には答えられない」

「答えないと、あなたが盗撮マニアだってことを表沙汰にすることになるな。人事一課監察室だけじゃなく、マスコミにもリークしますよ。そうなったら、浦上さんは何もかも失うことになるでしょう。仕事を失うだけではなく、奥さんには離婚を迫られるだろうな。場合によっては有罪判決が下されるでしょうね」

「大学で同期だった竹原渉《たけはらわたる》が東京地検の検事をやってるんだ。その竹原に従弟の不始末のことで相談したら、詐欺事件の被害者に誠意を示せば、示談という形にしてやれると言われたんだよ。それでアドバイス通りにしたら、被害者が和解成立ってことにしてくれたんだ」

「そうだったんですか。ところで、浦上さんは四年前に射殺された関東誠和会稲葉組の組長に従弟の件で強請られたことがあるんでは……」

「そ、そんなことまで知ってるのか!?」

「やっぱり、そうでしたか。稲葉光輝は恐喝材料を新聞記者から入手したんだろうか」

「固有名詞までは口にしなかったが、そう言ってた」

「口止め料はいくら取られたんです？」

「ちょうど一千万円だったよ。お金は叔母夫婦が用意したんだ。彰は親不孝だっ」

「稲葉組長は、キャリアのあなたの弱みを知ったわけです。司法取引を持ちかけられ、浦上さんはだいぶ困ったんじゃありませんか？」

「きみらは、稲葉殺しの継続捜査を担当してるようだね」

「さすがキャリアだな。実は、そうなんですよ。あなたが心理的に追いつめられて、犯罪のプロに稲葉を葬らせたと推測することはできる。浦上さん、正直に答えてほしいんですよ。どうなんです？」

尾津は単刀直入に訊いた。

「わ、わたしはその事件にはまったく関与してない。苦し紛れの言い逃れなんかじゃないぞ。殺人教唆なんて絶対にしてない。それだけは信じてくれ」

「いいでしょう」

「わたしと検事の竹原はどうなってしまうんだ？　彰が起訴されることになっても、それは自業自得だ。しかし、竹原検事とわたしは巻き込まれただけで、詐欺事件の加害者ではない」

「しかし、犯罪者ではある。二人とも無傷では済まないでしょ？　上司と相談して対応させてもらいます」

「首を洗って待ってるんだな」

白戸が浦上から離れた。浦上は茫然と立ち尽くしている。

尾津は、無言で浦上のビジネスバッグとコートを拾い上げた。

虚《きょ》を衝《つ》かれた。

2

取り調べ中に浦上が子供のように泣きじゃくりはじめたからだ。尾津は捜査二課の取調室に接した面《めん》通し室にいた。大手町駅構内でキャリアの浦上を取り押さえた翌日の午後二時過ぎだ。

きのう、尾津は能塚室長に経過報告をした後、知能犯係の主任に浦上の身柄を引き渡した。浦上は東京地検の竹原渉検事の手を借り、従弟の詐欺を示談に持ち込んだことを自白し、本部庁舎の三階の留置場で一夜を過ごすことになった。

午前中に里見彰は改めて詐欺容疑で逮捕され、別の取調室にいる。任意で同行を求められた竹原検事は、故意に里見を不起訴にしたことを吐いた。やはり、取り調べを受けている最中だ。

面通し室と取調室の間にはマジックミラーが嵌《は》められ、被疑者と捜査員は丸見えだった。警察関係者たちには〝覗き部屋〟と呼ばれている小部屋だ。

「浦上は稲葉殺しにはタッチしてないな」

隣に立った能塚室長が言った。

「それは間違いないでしょう」

「尾津、浦上たちのことは捜二《そうに》の知能犯係に任せよう」

「ええ。分室に戻りますか」

「そうだな」

二人は面通し室を出て、捜査二課の刑事部屋からエレベーターホールに向かった。四階だった。

「毎朝日報の村中は正午過ぎには帰国したはずだ。おれと勝又は、プリウスで村中の自宅に向かう。尾津・白戸班は、乃木坂の秘密のセカンドハウスに回ってくれ」

「わかりました」

尾津は能塚とともに五階の分室に戻った。

すると、勝又主任がサポーターたちの振りを白戸に披露していた。白戸は明らかに迷惑顔だった。

「勝又、何をやってるんだっ」

能塚が怒鳴《どな》った。

「なんか白戸君が興味ありげだったんで、いつもライブでやってる応援ダンスを見せてやってたんですよ」

「白戸、そうなのか!?」

「うん、まあ」

白戸が曖昧にうなずいた。

「嘘だろ!?」

「オタクたちの応援ダンスは独特なんで、ちょっと関心があったんだよね」

「そんなふうには見えなかったぞ。おまえは勝又を庇《かば》ってやったんだろうが？」

「親分、細かいことはいいじゃないの」

「メンバー以外の者がいるときは、おれのことを親分と呼びかけたりするなよ。おれまでヤー公と思われそうだからな」

「室長にそう言われたこと、おれ、ちゃんと憶《おぼ》えてるって」

「そうか。なら、いいんだ」

能塚が白戸に言って、勝又に顔を向けた。

「おまえ、主任なんだぞ。その自覚があるのかっ」

「一応、ありますよ」

「いや、ないな。主任だという自覚があったら、部下に職場で馬鹿踊りなんか見せるわけない」

「馬鹿踊りとは、ひどいじゃないですか。サポーターたちが知恵を絞り合って、振りや掛け声を考えたんです。応援してる五人をもっと大きく成長させたくて、汗を掻いてるんですよ。ぼくらは、彼女たちと一緒に青春を共有してるんです」

「精神的に稚《おさな》いんだよ。しかし、そのことはいい。けどな、職場にてめえの趣味を持ち込んで周囲の者に迷惑かけるんじゃない」

「室長、ぼくがいつメンバーに迷惑をかけました？『ももいろクローバーZ』のCDや関連グッズを誰かに無理やり渡したりはしてません」

「ああ、それはな。けど、勝又はアイドルユニットのことでいつも頭が一杯で、気もそぞろじゃないか。仕事に身が入ってない」

「指示された任務はこなしてますよ」

「それだけでいいのか。おまえは主任なんだぞ。それじゃ、ルーキーと変わらない。主任なら、率先して現場に行ったり、聞き込みをして、犯人逮捕に繋《つな》げないとな」

「能塚室長は、ぼくのことが嫌いなんですよね？　それだから、ぼくにばかり辛く当たるんでしょ？」

「小娘みたいなことを言うなっ。それからな、前にも言ったが、四十過ぎた男がぼくなんて一人称を使うんじゃないよ。子供っぽいだろうが！」

「どんな一人称を使ってもいいじゃないですかっ。個人の自由でしょ？」

「屁理屈《へりくつ》はいいから、地下の車庫に先に行ってプリウスのエンジンをかけとけ。勝又とおれは、村中の自宅に張りつく。もうアメリカから戻ったはずだからな」

「きょうは白戸君と組ませてくださいよ。いつも室長と一緒だと……」

「息が詰まるか？」

「ええ」

勝又が即座にうなずいた。

「おれから早く逃《のが》れたかったら、主任らしくなれ。おまえが職務にいそしむようになったら、尾津とも白戸とも組ませてやるよ」

「尾津・白戸班はどうするんです？」

「村中が成田《なりた》から自宅に帰らずに乃木坂のセカンドハウスに行く可能性もあるんで、そっちに張り込んでもらう」

「そうなのか」

「勝又、急げ！」

能塚が急《せ》かす。勝又が仏頂面《ぶっちょうづら》で分室から出ていった。

「親分、主任をいじめてる感じだな。一種のパワハラじゃないの？」

「白戸、おれは勝又をいじめてるんじゃない。あいつを鍛《きた》え直してやってるんだ。仕事と趣味のスイッチを上手に切り換えられりゃ、きっと勝又は主任の役目を果たしてくれるにちがいない」

「そんなことで、あえて厳しくしてるのはわかってますよ。室長は頑固ですが、部下思いですから」

尾津は話に加わった。

「珍しくおれを褒めたが、そのうち何かご馳走してくれって謎かけかい？」

「そんな含みはありませんよ。室長、照れることはないじゃないですか」

「別に照れてなんかないよ。おまえたちも、そろそろ村中の秘密のセカンドハウスに向かってくれ」

室長が促す。尾津は白戸に目配せした。

二人はアジトを出て、エレベーターで地下三階の車庫に下《くだ》った。

プリウスの運転席に坐った勝又は不愉快そうな表情だった。能塚室長に毛嫌いされていると思い込んでいるのだろう。そのうち、上司の真意に気づくのではないか。

尾津はそう思いながら、スカイラインの助手席に腰を沈めた。

「人生には落とし穴があるんだね」

白戸が脈絡もなく呟《つぶや》いて、シフトレバーをD《ドライブ》レンジに入れた。

「浦上和義のことを言ってるのか?」

「それと東京地検の竹原って検事の人生設計が大きく狂ったことを……」

「二人とも社会的には勝ち組のままでいられたんだろうが、情《じょう》に流されたことで犯罪者になってしまった」

「そうだね。詐欺を働いた里見彰には同情しないけどさ、浦上と竹原検事は魔が差したんで人生を台無しにしてしまったわけだ」

「おまえも気をつけないとな。裏社会の連中の弱みにつけ込んで、酒、女、金を手に入れてるんだろうから」

「おれは、そんな悪党《ワル》じゃないって。えへへ」

「脛《すね》に傷持つ奴らが被害届を出す心配はないだろう。でもな、監察官たちは常に目を光らせてるんだ。白戸、ほどほどにしないとな」

「尾津さん、おれは上層部の連中のスキャンダルをいろいろ知ってるんだ。ごろつき記者の村中みたいにあこぎなことはしてないけどさ」

「そういうことだったのか。ほぼ村中と同類項だな」

「そうなっちゃうのか」

白戸がにっと笑って、覆面パトカーを発進させた。本部庁舎を出て、乃木坂に向かう。

二十分弱で、『乃木坂ヒルズ』に着いた。二十六階建ての高級賃貸マンションだ。芸能人やプロサッカー選手などが入居しているらしい。

白戸がスカイラインを『乃木坂ヒルズ』の五、六十メートル手前の路上に駐《と》めた。

「村中がセカンドハウスにいるかどうか、ちょっと確認してくる」

尾津は白戸に言って、車を降りた。民家の庭から梅の木が見える。花は四分《しぶ》咲きだが、春らしい眺めだった。あと三週間も経てば、桜の季節になるだろう。

尾津はゆっくりと歩き、高級賃貸マンションの集合インターフォンの前で足を止めた。村中の自宅は二一〇五号室だ。部屋番号を押す。いくら待っても、応答はなかった。どうやら部屋には誰もいないようだ。

尾津は覆面パトカーの中に戻った。首を横に振って、助手席のドアを閉める。

「ごろつき記者は成田から自宅に直行したんだろうな。それを確認できたら、おれたちも村中の家《ヤサ》に向かったほうがいいんじゃねえの？」

「頃合を計《はか》って、能塚さんに電話してみるよ。二班が交代で張り込んだほうが覚《さと》られにくいが、村中は新聞記者《ブンヤ》だから……」

「捜査車輛を看破《かんぱ》するだろうね。張り込んで村中の動きを探るのは、なんか面倒だな。いろいろ危《ヤバ》いことをやってるんだからさ、いっそ村中を締め上げちゃってもいいと思うがな」

「相手はとんでもない奴だが、現役の新聞記者なんだ。ヤー公を追い込む手を使ったら、人権問題だと騒ぎたてるだろう」

「そうだろうな。稲葉組の現組長の証言通りなら、村中が被害者と分け前を巡って揉めた末に第三者に殺人《コロシ》を依頼したとも筋は読める」

「そうだな」

「村中はブラックジャーナリストや経済やくざと共謀して恐喝に励んでるわけだから、誰かに稲葉を殺《や》らせたという疑いは拭えないんだよね」

「そうなんだが、まだ何も裏付《ウラ》けは取れてないんだ。先入観に囚《とら》われるのはよくないな」

「そうだね」

白戸がスカイラインを十六、七メートル前進させた。『乃木坂ヒルズ』のアプローチと地下駐車場の出入口が見通せるようになった。

尾津は三十分ほど過ぎてから、能塚室長に電話をかけた。

「対象者《マルタイ》は成田から自宅に戻ったんですね？」

「いや、こっちには帰ってない。『乃木坂ヒルズ』で一息入れてから、自宅に帰ってくるんだろうと思ってたが……」

「秘密のセカンドハウスは無人のようです」

「居留守を使われたとは考えられないか？」

「おれは村中に顔を知られてませんから、インターフォンが鳴ったら、来訪者が何者かモニターで確認すると思うんですよ」

「やっぱり、留守だったのかな」

「そうなんでしょう。村中が帰国したことは間違いないんですよね？」

「それは間違いない。大久保ちゃんが成田空港に問い合わせて、村中が予定の便に搭乗したことをチェック済みだからな」

「それなら、村中は東京周辺のどこかにいるんでしょう」

「どっちかに帰るだろうから、このまま二カ所で張り込んでみよう」

能塚が先に電話を切った。尾津はモバイルフォンを折り畳んだ。

「通話内容で察しがついただろうが、村中は自宅にも帰っていない」

「尾津さん、村中が高飛びしたとは考えられないかな？」

「組長殺しは四年前の三月五日に発生してるんだぜ。被害者の稲葉と親交のあった村中は捜査本部はもちろん、本家の継続班にも事情聴取されてる」

「そうだね」

「自分が警察に疑われてると感じたら、とうに高飛《ジャンプ》びしてたはずだよ」

「村中はデスクか同僚記者に稲葉殺しの捜査がおれたち分室にバトンタッチされたことを教えられて、いつか自分に捜査の手が伸びてくるかもしれないという強迫観念に取り憑《つ》かれ、逃げ出す気になったんじゃねえのかな」

「そうだったとすれば、毎朝日報の遊軍記者が組長殺しの首謀者ってことになる」

「ああ、そうなんだと思うね」

「しかし、そう断定するだけの根拠があるわけじゃないぞ。黒瀬の証言で、事件前に稲葉と村中が仲違《たが》いしてたことは明らかになったが、新聞記者に殺意が芽生えたかどうかはわからないじゃないか」

「そうだね。あっ、もしかすると……」

白戸が膝を打った。

「何か思い当たったんだな?」

「ちょっとね。村中は組長殺しの件で自分が疑われてると思ったんじゃなく、ブラックジャーナリストや経済やくざと組んで恐喝を重ねてきたことが発覚するかもしれないと不安になったんじゃないだろうか。尾津さんは、どう思う？」

「それだから、村中はしばらく姿をくらます気になったのか。言われてみれば、考えられなくはないな」

「うん、そうだよね。ただ、そんな心理状態だったとしたらさ、ハワイに出かける気にはならないでしょ？」

「村中は警察関係者を油断させたくて、意図的《いとてき》に海外旅行をしたのかもしれないぞ」

「なるほど、そうか！　国外逃亡をつづけるのは不安だったんで、帰国直後に行方をくらます気になったのかな」

「そういう可能性はゼロじゃないだろう。しかし、それは考えすぎかもしれないな。そのうち村中は自宅か、セカンドハウスに戻ってくるとも考えられる。白戸、しばらく張り込んでみよう」

尾津は言って、懐からセブンスターを摑み出した。

コンビは辛抱強く待ちつづけた。しかし、村中は『乃木坂ヒルズ』にはやってこなかった。能塚からの連絡もない。

「ここで張り込んでるよりも、村中とつるんでるブラックジャーナリストと経済やくざを締め上げたほうが、早く悪党記者の居所がわかるんじゃないのかな」

白戸が焦《じ》れた口調で言った。

「捜査資料によると、ブラックジャーナリストは長谷部元春《はせべもとはる》という名で、確か四十八歳だったかな」

「そう。長谷部は食肉関係の業界紙記者だったんだけど、業界ゴロたちとつき合うようになってからは独立して、薄っぺらなゴシップ雑誌を発行するようになった。スキャンダルの主たちから、購読料という名目で五百万から一千万の口止め料をせしめてるハイエナだよ」

「そんなふうに記述されてたな。経済やくざの土門辰徳《どもんたつのり》は総会屋崩れだったと思うが、確か僧侶の資格を持ってる五十男だったな」

「土門は寺の子なんだよね。でも、大学生のころに横道に逸《そ》れて、裏経済界で暗躍してるんだ。兄貴は立派に住職を務めてるみたいだけど、弟は俗物そのもので金と女にしか興味がないんだろうね」

「誰かと似てるじゃないか」

「おれは、金と女だけじゃないよ」

「そうか、食欲も旺盛だったな」

「尾津さん、怒るよ。おれは地球に住んでる約七十億の人々がどうやったら平和に暮らせるか日夜、考えつづけてるんだ。生臭坊主みたいな奴と同列に扱われたくないな」

「白戸、笑わせるなって」

「冗談はともかく、ブラックジャーナリストと経済やくざの事務所はわかってるんだから
さ、二人を少し痛めつけようよ。村中が身を隠してるんだったら、潜伏先は知ってると思うな。村中が稲葉殺しにタッチしてないとしても、射殺事件の重要な鍵を握ってるんじゃないかね。もうじき暗くなるだろうから、おれたちはいったん張り込みを中断しようよ」

「室長の許可が出たら、そうするか」

尾津は捜査用携帯電話を使って、能塚に連絡を取った。スリーコールで、電話は繋がった。

「村中は、まだ帰宅してないんですね?」

「そうなんだよ。『乃木坂ヒルズ』にも行ってないんだろ?」

「ええ。村中はブラックジャーナリストや経済やくざと共謀して恐喝を重ねてたことで捕まることを恐れて、しばらく身を隠す気になったのかもしれません」

「そうなんだろうか」

「村中が本事案に関与してなかったとしても、稲葉がなぜ殺されたのか察しがついてるんじゃないですかね」

「ああ、そうだな」

「能塚さん、おれたちは張り込みを中断して、長谷部元春と土門辰徳を追い込んで、村中の居所を吐かせようと考えたんですが、どうでしょう？」

「そうしてくれ。話は違うが、ついさっき大久保ちゃんが電話をしてきたんだ。尾津、新事実がわかったぜ。人事一課監察室の俵《たわら》純弥《じゅんや》主任監察官が五年近く前から不正を働いた警察官と職員から〝お目こぼし料〟を貰ってたようなんだ」

「そうなんですか⁉」

「警察内部の犯罪や不正を取り締まらなければならない者が〝お目こぼし料〟を貰ってたなんて、救いのない話じゃないか」

「まったくですね」

「その俵主任監察官が稲葉に強請《ゆす》られてたという匿名の密告情報も寄せられてたんだってさ。その情報が正しかったら、射殺された稲葉に脅迫材料を提供したのは、毎朝日報の村中にちがいない」

「そうなんでしょう」

「俵のほうは大久保ちゃんの直属の部下が調べてくれることになったんだが、稲葉を亡き者にしたのは主任監察官だったとも考えられるよな？」

「ええ」

「そうなのかどうかを知るためにも、早く村中の居所を突きとめてほしいな。尾津、白戸と二人でブラックジャーナリストと経済やくざをハードに追及してくれ。大怪我を負わせちゃ困るが、反則技は認めよう。ただし、どっちも殺すなよ」

「その点は心得てます」

「なら、いったん張り込みを解除してくれ」

「わかりました」

尾津は指でOKサインをこしらえながら、短い返事をした。

3

ドアに耳を寄せる。

ブラックジャーナリストの事務所だ。長谷部元春のオフィスは、JR神田《かんだ》駅の近くの雑居ビルの三階にある。

尾津は耳に神経を集めた。かたわらの白戸も耳をそばだてている。どうやら長谷部は誰かを自分の事務所に呼びつけて、恫喝《どうかつ》しているようだ。

『角紅物産《かくべに》』は確かに巨大商社だ。政官界との結びつきも強い。怖いものはないと思ってるんだろうが、大口脱税はよくない。総務部長のあんたひとりを責めてるわけじゃないんだよ。それはわかるね？」

「はい。長谷部さんは、組織の一員にすぎない社員を非難してるわけではありません。当社の体質に問題があると指摘してくださっているんですよね？」

「そうだよ。唐沢《からさわ》さん個人が悪いわけじゃない。系列会社の社員を入れれば数万人の大企業だから、屋台骨《やたいぼね》を支えるのは大変だと思うよ」

「ええ、おっしゃる通りです」

「だからといって、政府が発展途上国に与えたODAの大半を巧《たく》みに吸い上げてもいいのかね。相手国の大物政治家や王族を賄賂《わいろ》で味方につけ、公共事業を高く落札してる。その上、インフラ関係の資材などのランクを落として、儲けを出してる」

「そのようなことは……」

「してないとは言わせないぞ。こちらは内部の極秘資料を手に入れてるし、その裏付けも取ってある」

「長谷部さん、その内部告発者の名を教えていただけませんか？」

「唐沢部長、それはできない。どんなことがあっても、ニュースソースは明かせないな。

それがジャーナリストの義務だし、誠意だからね。大口脱税の告発についても、同じだよ。ただし、ヒントは与えてやろう。大手商社もコンピューターのセキュリティーは案外、甘いんだね。天才的なハッカーじゃなくても、システムに潜り込むのはたやすいようだ」

「いいヒントをいただきました」

「ついでに喋るよ。ODA絡みの贈賄、大口脱税もそうだが、不当なリストラも問題だな。それから、外国人バイヤーたちに一夜妻《いちやづま》を提供してることも嘆かわしい」

「そ、そこまでご存じでしたか」

「複数の芸能プロやモデル事務所とタイアップして、あまり仕事のない娘《こ》たちをベッドパートナーにしてることもわかってる。大口受注を得たいからって、大手商社がそこまで品位を落としてもいいのかね」

「個人的には、そこまでやるのは恥ずかしいことだと思っていますが、役員の多くは年商のV字回復を望んでいますので……」

「重役たちの意向は無視できないってわけか」

「そうですね。わたしたち社員は、単なる歯車ですから」

「唐沢部長、そうした意識の低さが腐敗を生んでるんだよ。商社がビジネスに励むことは悪いことじゃない。しかし、商道に悖《もと》ることをしてはいかんよ」

「は、はい」

「拝金主義者になってはまずいね。プライドを棄《す》てた人間は下の下だよ。きつい言い方をすれば、生きる価値もないな」

「そうかもしれませんね」

「ところで、わたしが発行してる『人間の海』という月刊誌を二千部購入したいという話だったが、二万部の間違いじゃないのかね？」

「いいえ、重役は二千部分の代金をすぐにお支払いしろと……」

「なめられてるんだな。貴社が強気に出てくるんなら、こちらもおとなしくしてないよ」

「長谷部さん、五千部ほど購入すれば、当社のイメージダウンになるような記事は載せないでいただけるのでしょうか？」

「気が変わった。『角紅物産』がブラック企業の何十倍も汚いビジネスをしてることをありのまま書く」

「そ、それは困ります。長谷部さん、落とし所はありませんでしょうか？　一万部、いいえ、二万部買わせていただければ……」

「もう話は決裂だ。たとえ十万部、雑誌を購入してくれると言われても、いまの気持ちは変わらないね」

「弱りました」

「唐沢さん、引き取ってくれ」

「役員たちと相談して、近いうちにまた伺《うかが》わせていただきます」

大手商社の総務部長が立ち上がる気配が伝わってきた。尾津たち二人は足音を殺しながら、エレベーターホールまで戻った。

「唐沢って総務部長が出てきたら、おれたちは身分を明かしたほうがいいんじゃない？それで、長谷部を恐喝容疑で引っ張るぞと威《おど》せば……」

白戸が低く言った。

「ブラックジャーナリストは『人間の海』を二万部買えと凄んだわけじゃない。駆け引きしただけだから、立件は難しいな」

「正攻法で追い込むことができないなら、反則技を使うしかないやね」

「そうしよう」

尾津は口を閉じた。

そのすぐあと、長谷部の事務所から五十四、五歳の男が出てきた。『角紅物産』の唐沢総務部長だろう。

男は尾津たちには目もくれずにエレベーターに乗り込んだ。尾津は無言で顎《あご》をしゃくり、先に歩きだした。白戸がすぐに肩を並べる。

尾津は長谷部の事務所のスチール・ドアをいきなり開けた。ノックはしなかった。

事務机が三卓置かれ、応接セットが据えられている。ソファに坐ってパイプ煙草を吹かしているのは、長谷部だった。ほかには誰もいない。

「無礼な奴らだ。ノックぐらいしろ。おまえら、何者だ？」

「警視庁捜一《そういち》の者だ」

尾津はソファセットに近づき、警察手帳を短く見せた。白戸は姓を口にしただけだった。

「『角紅物産』の唐沢という総務部長を困らせてたな」

「ドアの向こうで、聞き耳を立ててたのか!?」

「二人の遣《や》り取《と》りは録音させてもらった。恐喝未遂で検挙《アゲ》てもいいんだが、あんたが捜査に協力してくれれば、目をつぶってやってもいい」

「どんな事件を担当してるんだ？」

長谷部がパイプをくわえながら、含み声で問いかけてきた。

「四年前の三月、関東誠和会稲葉組の組長が自宅近くの路上で射殺された。被害者の稲葉光輝は、毎朝日報社会部の村中昌之と親しくしてた。村中は警察内部の犯罪や不正に関する情報を稲葉に提供した。稲葉は警察と司法取引し、さらに弱みのある連中を強請《ゆす》ってたと思われる。ごろつき記者の村中も、口止め料を脅し取ってたようだ」

「長々と喋ったが、おれは稲葉や村中の片棒なんか担《かつ》いでないぞ」

「それはわかってる。しかし、あんたと経済やくざの土門辰徳は村中とつるんで、数々の恐喝を重ねてきた」

「村中や土門さんとはつき合いがあるが、三人で悪さなんてしてない」

「おれたちは、もう調べ上げてるんだよっ」

白戸が声を荒らげた。

「元組員か、おたくは？」

「ヤー公だった奴が刑事になれるわけないだろうが！　逆のケースはあるけどな」

「どっから見ても、やくざだ」

「うるせえやい！　恐喝《カツアゲ》の件で手錠《ワッパ》打たれたくなかったら、おれたちの質問に正直に答えるんだな」

「わかったよ」

「村中がきょう、ハワイから戻ったことは知ってたんだろ？」

　尾津は長谷部に訊いた。

「ああ。で、正午過ぎに村中ちゃんの携帯に電話したんだが、なぜか電源は切られてた。その後、二回ほどコールしたんだが、電話は繋がらなかったんだ」

「村中はそっちと土門と組んで恐喝を繰り返したことを警察に知られたかもしれないと洩らしてなかったか？」

「そういうことはなかったな」

「そうか。村中は四年数ヵ月前に稲葉組長と仲違いしたようなんだが、なんで揉めることになったか知ってるんじゃないのか？」

「揉めた理由までは教えてくれなかったが、村中ちゃんは稲葉のことを尊大で、利己的な人間だと言ってたな。村中ちゃんは最初、全共闘の活動家崩れの稲葉を過大評価してたみたいだな。あらゆる権力や権威に牙を剝《む》く一匹狼っぽいアウトローと見てたようだぜ。でも、俗物そのものなんで、がっかりしたみたいだよ。金と女にも汚い奴だったみたいだね」

「そうか」

「あんたたち、村中ちゃんが四年前の射殺事件に絡んでると思ってるのか？」

「ひょっとしたら、そうなのかもしれないんだ。村中はハワイから戻ったはずなのに、自宅にも乃木坂のセカンドハウスにも帰ってない」

「それで、村中ちゃんが高飛びしたんじゃないかと思ったわけか」

「まあね」

「村中ちゃんは、誰かに稲葉光輝を始末させたりはしてないと思うよ。彼は無頼派の新聞記者《ブンヤ》だけど、殺人をやらかそうとまでは考えないはずだ」

「村中の居所を本当に知らないのか？」

「ああ、知らないよ」

長谷部が答えた。尾津は長谷部の背後に回り込み、右腕を首に回した。裸絞めで長谷部の喉を圧迫しつつ、白戸に合図を送る。

白戸がコーヒーテーブルにどっかと腰かけ、まず長谷部のパイプを奪った。パイプを灰皿の中に入れると、次にブラックジャーナリストの右手首を左手で摑んだ。

「おい、何をする気なんだ⁉」

「正直にならないと、指を折らせるぞ」

尾津は右腕の力を少し緩《ゆる》めた。長谷部が肺に溜まっていた空気を一気に吐き出す。

「あんた、村中の潜伏先を知ってるんじゃねえの？」

白戸が問いかけた。

「知らない」

「村中には不倫相手がいそうだな」

「いろいろ浮気はしてるようだが、特定の愛人はいないようだぜ」

「あんたが正直に答えてるかどうか、体に訊いてみるか」

「えっ!?」

長谷部が全身を強張《こわば》らせた。

白戸が長谷部の右手の中指と薬指を一緒に摑んで、大きく反らせた。関節が鳴り、長谷部が獣じみた声を発した。骨が折れたようだ。

「刑事がこんな荒っぽいことをしてもいいのかっ。うーっ、痛い！」

「よくはねえだろうな。けど、おれは食《は》み出し者なんで、法や規則を破ることに抵抗はないんだよ」

「なんて奴なんだっ」

「くどいようだが、本当に村中がどこに隠れてるのか知らないんだな？」

「ああ」

「村中が殺し屋《プロ》を雇った気配はなかったのかい？」

「そんな様子はまったくなかったよ。もう勘弁してくれ。痛くて気が遠くなりそうだ」

長谷部が訴えた。白戸が目顔で尾津に指示を仰《あお》ぐ。

「もういいだろう」

尾津は言った。白戸がコーヒーテーブルから腰を上げた。

長谷部が唸りながら、ソファに横になった。二本の指は後ろに反り返り、第二関節の先が妙な形に折れ曲がっている。

「悪党仲間の土門に告げ口したら、あんたも恐喝罪で検挙《アゲ》ることになるぞ」

尾津は長谷部に言い放ち、出入口に向かった。白戸が従《つ》いてくる。

二人は雑居ビルを出ると、路上駐車中の覆面パトカーに乗り込んだ。

「土門のオフィスは、確か西新橋《にししんばし》一丁目にあるんだったな?」

尾津は確かめた。

「新橋駅近くのレンガ通りから少し奥まった所にある貸ビルの中に『土門経営コンサルティング』が入ってるはずだよ」

「すぐに行ってみよう」

「オーケー」

白戸がスカイラインを発進させた。尾津は屋根《ルーフ》に赤色灯を装着した。サイレンを高く鳴らしながら、前走の車輛を次々に左に寄らせた。ごぼう抜きにしていく。

目的の貸ビルを探し当てたのは、二十数分後だった。

尾津たちは貸ビルの前にスカイラインを置き、エレベーターで七階に上がった。『土門経営コンサルティング』は、最も奥にあった。

コンビは勝手にドアを開けた。

事務フロアには六卓のスチール・デスクが置かれ、壁際にはキャビネットが連《つら》なっている。三人の男がソファに坐って、ポーカーに興じていた。

男たちは揃って崩れた印象を与える。三人とも背広に身を包んでいたが、素っ堅気には見えない。三十代の前半だろうか。

「どちらさん？」

髪をオールバックにした男がすっくと立ち上がり、挑むような目で尾津を見た。

「土門はどこにいる？」

「社長のご友人でしたか。わたし、磯貝《いそがい》という者です。土門社長には目をかけていただいてるんですよ」

「そうかい。おれの友人に、経済やくざなんていないよ」

「おい、失礼なことを言うな。社長は、まともな経営コンサルタントだぞ」

「表向きはそうなってるが、土門の素顔は強請屋だ。違うかい？」

尾津は嘲笑した。磯貝と名乗った男が二人の同僚を目で呼んだ。トランプカードを卓上に置いた二人がソファを離れ、磯貝の横に立った。

「何か物騒《ぶっそう》な物を持ってるんだったら、すぐに出しな」

白戸が三人の男たちを睨《ね》めつけた。磯貝が吼《ほ》えた。

「てめえ、偉そうな口を利くんじゃねえ」

「頭にきたんだったら、刃物《ヤッパ》でも抜けや。護身銃を出してもいいぜ」

「おれたちは、やくざ者じゃねえ」

「堅気《ネス》には見えねえがな」

「てめえこそ、どこかの筋嚙《すじか》んでるんだろうが？」

「おれたちは桜田門の者だ」

「フカシこくなって」

「刑事には見えないってか」

白戸が苦笑しながら、懐から警察手帳を抓《つま》み出した。磯貝たち三人が驚きの声を相前後して洩らし、一斉《いっせい》に後ずさった。

「捜査の邪魔をしたら、三人とも公務執行妨害で逮捕《パク》るぞ」

尾津は磯貝に告げた。

「おれたち、おとなしくしてます」

「そうか。土門はどこにいる？」

「右手奥の社長室にいますが、いま、来客中なんですよ」

「客は裏経済界の者か？」

「いいえ、社長の知り合いの女性が見えてるんです」

「そうか」

「現在、取り込み中でしょうから、少し時間をくれませんか」

「土門は社長室で女といちゃついてるようだな」

「そ、それは……」

　磯貝が下を向いた。

「三人の見張りを頼む」

　尾津は白戸に言って、奥に向かった。

　例によって、ノックなしで社長室のドアを開ける。異様な光景が目に飛び込んできた。

　スラックスとトランクスを足首まで下げた土門は長椅子に浅く腰かけ、女を膝の上に跨《また》がらせていた。女は下半身には何もまとっていなかった。二人の体が結合していることは明らかだった。女の白い尻がなまめかしい。

土門が女に何か言った。

女が土門から離れ、長椅子の上からスカートとランジェリーを掴み上げた。それから丸めて下半身を覆い、長椅子の背後に隠れた。

顔はよく見えなかったが、肢体は瑞々《みずみず》しかった。まだ二十代だろう。

「野暮なことはしたくなかったんだが、捜査を少しでも進めたかったんで、社長室に入らせてもらった」

尾津は警察手帳を呈示し、姓だけを告げた。

土門が冷静な表情でスラックスとトランクスを引っ張り上げ、深く坐り直す。

「用件を早く言ってくれ。まだナニの途中だったんだ。おれもそうだが、半年前から世話をしてる愛人《レコ》を完全燃焼させてやりたいんだよ」

「ある殺人事件に村中が関わってるかもしれないんで、行方を捜してるんだ。きょうハワイから戻ったことは確かなんだが、自宅にも『乃木坂ヒルズ』にも帰ってない。あんたとブラックジャーナリストの長谷部は村中と共謀して、数々の恐喝を重ねてきた」

「さて、なんの話なのかな？」

「白々しいな。裏付《ウラ》けは、もう取ってあるんだ」

「なんだって!?」

「いい情報を提供してくれたら、恐喝《カツアゲ》の件は不問に付してやってもいい」

「そういうことなら、捜査に全面的に協力するよ。何が知りたいんだ？」

「およそ四年前、関東誠和会稲葉組の組長が何者かに射殺された。稲葉と村中はつるんで悪事を働いてたが、分け前を巡って仲違いしたようなんだ。捜査員の中には村中が実行犯を雇って、稲葉を始末させたと筋を読んでる者もいる」

「その読みは外れてるんじゃねえか。村中はごろつき記者だが、そこまで開き直った生き方はしてないぞ」

「だから、組長殺しには関わってないだろうって？」

「そう思うよ、おれは」

「しかし、村中は自ら姿をくらましたようなんだ。あんた、村中の居所を知ってるんじゃないのか？」

「おれは長谷部に村中を紹介されて一緒に金儲けをするようになったんだが、しょっちゅう連絡を取り合ってるわけじゃない。ハワイに行くって話は聞いてたが、きょう帰国したことも知らなかったんだ」

「だから、村中がどこかに潜伏してたとしても、その場所を知ってるわけないってことか」

「そうだよ」

「あんたがおれを騙してたら、必ず刑務所にぶち込むぞ」

尾津は言い放ち、社長室を出た。

4

見通しは悪くない。

覆面パトカーの助手席から、村中の自宅がよく見える。建売住宅で、敷地は五十坪ほどだろうか。

尾津は朝から白戸と村中宅近くで張り込んでいた。とうに陽《ひ》は落ち、黄昏《たそがれ》の気配が濃い。

ブラックジャーナリストと経済やくざを締め上げたのは一昨日《おととい》だった。きのうは一日、尾津・白戸コンビは『乃木坂ヒルズ』に張りついていた。能塚と勝又は前日と同様に村中宅の近くで終日、張り込みに当たったった。

だが、村中は自宅にもセカンドハウスにも寄りつかなかった。きょうは張り込み場所を替えたわけだが、二班とも村中の影すら見ていない。

村中は無断欠勤したままだった。尾津は毎朝日報の記者になりすまして、午前中に村中の妻の和歌子《わかこ》に会ってみた。和歌子も夫の突然の失踪に戸惑った様子だった。彼女は数えきれないほど夫の携帯電話にコールしたそうだが、いつも電源は切られていたという。

「村中は女房に何も打ち明けないで、逃亡したんだろう」

運転席で、白戸が言った。

「そうなんだろうな」

「問題は逃げる気になった理由だね。村中は第三者に稲葉を射殺させたんで、姿をくらますことになったのか。それとも、長谷部や土門と組んで数々の恐喝を働いたことが発覚しそうなんで、ずらかる気になったのか」

「白戸は、どっちだと思ってるんだ？」

「大久保係長の直属の部下の調べによると、人事一課の俵主任監察官は稲葉の事件《ヤマ》にはタッチしてないという話だったよね？」

「そうだったな」

「となると、村中が怪しく思えてくるんだよね。ごろつき記者は稲葉と弱みを握り合ってたんだけど、新聞社の社員なわけだ」

「そうだな。悪さをしてても、暴力団関係者じゃない。片や稲葉は組長だった。悪事が露見しても、特に失うものはない。しかし、村中は仕事を失い、前科《マエ》を背負うことになる」

「そうなんだよな。分け前のことで仲違いした稲葉に警察関係者を強請ったことをバラされたら、村中はもう終わりでしょ？」

「まともに生き直すことは難しくなるだろうな」

「そういうことを考えるとさ、村中が第三者に稲葉の命《タマ》を奪《と》らせたんじゃないかと思えてくるんだ。いろいろ悪さしてたんで、殺しの報酬は払えたはずでしょ？」

「そうだな」

「尾津さんは、村中のことをどう見てるの？」

「灰色だな。クロと断定できる物証はないが、シロと言い切ることもできない」

「だね。おれの勘だと、村中はクロに近い灰色ってとこだな」

「そうか」

「それはそうと、村中はどこに潜伏してるんだろうか。女房にはまったく連絡してないようだから、身ひとつで逃亡する気になったんじゃない？」

「多分、そうなんだろう。ハワイから戻った村中が充分な逃走資金を持ってたとは思えないな」

「だろうね。村中は恐喝で手に入れた金をどこに隠してたのかな。自宅に置いといたら、かみさんに見つかっちゃう恐れがあるな」

「おそらく村中は、汚れた金を隠し口座に入れてたんだろう。そうじゃないとしたら、乃木坂の高級賃貸マンションに現金で置いてあるんじゃないか」

尾津は言った。

「銭をセカンドハウスに隠してあるんなら、そのうち『乃木坂ヒルズ』には接近するかもしれないな。逃亡資金が心細くなったら、きっと……」

「ああ、そうするだろうな」

「村中はまだ首都圏にいるんだろうか。あるいは北海道とか九州とか遠くに行ったのかな。逃亡資金のことを考えると、まだ関東地方のどこかにいる気がするんだよね」

白戸が口を閉じた。

車内が静寂に支配される。やがて、あたりは真っ暗になった。

能塚室長から尾津に電話があったのは、午後七時数分前だった。

「尾津、別に動きはないようだな?」

「ええ。乃木坂のほうはどうです?」

「こっちも同じだよ。おそらく村中は警察の動きが気になって、逃亡したんだろう。稲葉の事件《ヤマ》に絡んでたのか、恐喝で手錠を打たれるのを恐れたのかはわからないがな」

「少し前に逃亡資金のことで白戸と喋ったんですが、村中は恐喝《カツアゲ》なんかで得た金を『乃木坂ヒルズ』の二一〇五号室に隠してるんじゃないかと思うんですよ」

「そうなんだろうな。自宅に大金を隠しておいたら、女房に怪しまれることになる。多分、秘密のセカンドハウスに置いてあるんだろう」

「ええ、そうなんでしょうね」

「そうなら、いつか村中はこっちに来るな」

「能塚さん、おれたちも合流しましょうか？」

尾津は訊いた。

「いや、おまえたち二人は稲葉組の組長にまた会ってみてくれないか。黒瀬稔にはすでに会ってもらったんだが、何か意図的に尾津たちには喋らなかったことがあるかもしれないと思ったんだよ」

「つまり、故人の不名誉になるようなことは黒瀬は捜査関係者には話してないかもしれないと室長は考えたわけですね？」

「そうなんだ。最初に考えたのは、対立関係にあった浪友会羽鳥組に脅威を感じてない振りをしてたが、稲葉は何か屈辱的な思いをさせられたんじゃないのかね？　そのことが表沙汰になったら、稲葉の面目は丸潰れになってしまう。それだから、初代組長は羽鳥幸夫に口止め料めいたものを払いつづけてたとは考えられないか。しかし、稲葉はそのうち脅迫には屈しなくなった。それで、羽鳥組が腹を立て……」

「室長、おそらく羽鳥組は稲葉殺しに関与してはないでしょう。おれたち二人は、羽鳥幸夫を締め上げたんです。嘘をついたとは思えないですよ」

「そうか。なら、やっぱり羽鳥はシロなんだろう。ただな、黒瀬は被害者の名誉を重んじて何かを隠してるような気がするんだよ」

「そうなんですかね」

「黒瀬が隠してる事実が事件を解く手がかりになるかもしれないんで、白戸と一緒に稲葉組の事務所に行ってみてくれないか」

「わかりました。これから、歌舞伎町に向かいます」

「よろしく頼む！」

能塚が通話を切り上げた。

尾津は携帯電話を上着の内ポケットに戻し、室長の指示を白戸に伝えた。

「現組長の黒瀬は何かを隠してるのかな。先日は、そんなふうには見えなかったけどね。尾津さんはどう感じた？」

「おまえと同じだよ。しかし、能塚さんの勘や直感は割に当たるから、黒瀬稔に会ってみるべきだろう」

「そうだね」

白戸がスカイラインを走らせはじめた。

「腹が減ってるんじゃないのか？」

「ペコペコだよ。花道通りにうまいトンカツ屋があるから、腹ごしらえしてから黒瀬んとこに行かない？」

「そうするか」

尾津は同意した。白戸が車のスピードを上げる。

歌舞伎町二丁目に着いたのは、およそ三十分後だった。覆面パトカーを有料駐車場に置き、トンカツ屋に入る。

二人は奥のテーブルに落ち着いた。尾津は並のトンカツ定食を注文したが、白戸は特大をオーダーした。さらに巨漢刑事はカツ丼も頼んだ。

少し待つと、注文した物が運ばれてきた。

二人はほぼ同時に箸を手に取った。だが、白戸は尾津が半分も食べないうちに、特大トンカツ定食を平らげていた。すぐにカツ丼を搔っ込みはじめる。ダイナミックな食べ方は見ていて気持ちがいいが、もう少しよく嚙まないと胃に負担をかけるのではないか。

尾津たちは夕食を摂《と》ると、ゆったりと一服した。食後の一服は、いつも格別にうまい。情事の後の煙草も欠かせなかった。

コンビはトンカツ屋を出ると、徒歩で稲葉組の事務所に向かった。二百メートルも離れていない。

組事務所の前で、一目で暴力団関係者らしい男たちが睨み合っていた。関西弁を喋る二人が、交互にまくしたてている。

「わしらのどっちかが稲葉組の玄関先で立ち小便したんやないかって？」

「あやつけんとき。組事務所の前で立ち小便したんは、酔ったおっさんや。防犯カメラのモニターを観《み》てへんかったんか？」

「防犯カメラは見せかけで、モニターはないんかい？」

「そうかもしれんで」

「わしらは濡衣を着せられたんやから、詫《わ》び入れてもらわんとな」

「そうやな、組長の小指貰《エンコもろ》たろうか」

「そりゃ、ええわ」

二人の遣《や》り取《と》りは熄《や》まない。稲葉組の者らしい五人は関西弁の男たちを睨みつけているだけで、何も言い返さない。自分たちの勘違いに気づいているからだろう。

「関西人はよく喋るな」

白戸が二人組の肩を叩いた。男たちが体ごと振り返った。片方は濃いサングラスをかけ、白っぽいスーツを着ていた。

もうひとりは丸刈りで、眉が驚くほど太い。小太りだった。どちらも二十七、八歳か。

「喧嘩《ゴロ》まく気やな？　関東誠和会の下部団体《エダ》の者が助《ス》けにきたんけ？」

「おれは組員じゃない」

「なんや、おまえ！　喧嘩売っといて、急にビビりはじめたんか」

サングラスの男がせせら笑って、固めた右の拳《こぶし》を肩の後ろまで引いた。ロング・ストレートを繰り出す前に、白戸が前蹴りを見舞った。太腿を強く蹴られた男は体をくの字にして、そのまま仰向けに引っくり返った。

「やるんかっ」

丸刈りの男が喚《わめ》いて、白戸に組みついた。白戸は怯《ひる》まなかった。相手の両足を払った。

丸刈りの男が横倒れに転がる。

「おれたち二人は警視庁の者《もん》だ。きょうは大目に見てやるから、とっとと失《う》せろ！」

白戸が声を高めた。二人の関西人が顔を見合わせた。

「おまえら、浪友会羽鳥組の者みたいだな」

尾津は、丸刈りの男に声をかけた。

「そうやけど、わしら、仕掛けたわけやないで。ほんまに立ち小便したと間違われて、稲葉組の連中に呼び止められて怒鳴りつけられたんや。癪《しやく》やったさかい、なんらかの形で詫びてもらおう思ったんや。二人とも、手は出しとらん」

「それはわかった。しかし、こんな所で凄んでたら、通行人が怖がる。いったん二人とも引き揚げるんだ」

「せやけど……」

「すんなり去らないと、稲葉組のみんなもおとなしくしてないだろう。とにかく、二人とも引き取ってくれ」

「ええやろ。あんたの顔を立ててやるわ」

丸刈りの男が身を起こし、仲間を引き起こした。二人は、じきに雑沓《ざつとう》に紛れた。

「旦那方には、ご迷惑かけてしまいました。わたし、真崎《まさき》という者です」

三十代半ばの短髪の男が前に進み出た。

「初代組長の事件を捜査してるんだが、黒瀬組長はいるかな？　なかなか容疑者を特定できないんで、また協力してもらいたいんだ」

「組長《オヤジ》は近くのスタンド割烹《かつぽう》にいます」

「誰かと一緒なのかな？」

「いいえ、ひとりのはずです。組事務所の近くの店なんで、いつも護衛は連れてないんですよ」

「その店に案内してもらえるかな？」

「わかりました」

真崎と名乗った男が案内に立った。尾津たち二人は後《あと》に従った。

導かれた店は、五十メートルも離れていなかった。黒瀬は素木《しらき》のカウンターで、日本酒を傾けていた。客は疎《まば》らだ。

「また組長《オヤジ》さんに捜査に協力してほしいとのことなんですが……」

真崎が言った。

「そうか。先代にはいろいろ世話になったから、協力は惜しまないよ」

「よろしくお願いします」

「ご苦労さん、おまえは事務所に戻ってろ」

黒瀬が真崎を犒《ねぎら》って、椅子から立ち上がった。真崎が店を出ていく。

「ママ、奥の個室席をちょっと借りるよ」

黒瀬がカウンターの中にいる和服姿の四十歳前後の女将《おかみ》に声をかけた。飛び切りの美人ではないが、色気があった。

「ビールでもお持ちしましょうか？」

「そうだな」

「お茶で結構ですよ、まだ仕事中なんで」

「そうですか」

　黒瀬が奥に向かった。通路の左手に、個室席が三つあった。個室といっても、完全に仕切られてはいない。出入口に、長い暖簾《のれん》が下がっているきりだ。

　尾津たち二人は並んで腰かけた。黒瀬が尾津の前に坐る。

「捜査は難航してるようですね。事件が起こって四年も経《た》ってしまったから、なかなか新事実は出てこないんだろうな」

「そうなんですよ。これまでの捜査対象者を改めて調べてみたんですが、疑わしいと思える人物はいなかったんです」

　尾津は言った。

「そうですか。一日も早く先代を成仏させてやりたいんですが、わたしらは何もできません。刑事さんみたいに捜査権があるわけじゃありませんからね。正直言って、もどかしいですよ。継続捜査をされてる方たちには申し訳ありませんけどね」

「どの捜査員もベストを尽くしてるんですが、なかなか被疑者を絞り込めません。被害者の遺族も黒瀬さんと同じように歯痒《がゆ》く感じてるでしょう」

「わたし以上に焦《じ》れったがってるでしょうね」

「ええ、そうだと思います」

「新しい手がかりを得たいんでしょうが、これまでの聞き込みで知ってることはすべて話したからな」

黒瀬が困惑顔になった。話が途切れたとき、女将が三人分の日本茶を運んできた。玉露《ぎょくろ》だろう。

「どうぞごゆっくり……」

女将がそう言い、すぐに下がった。尾津は足音が遠ざかってから、口を開いた。

「黒瀬さんは気を悪くするかもしれませんが、はっきり言いましょう。あなたは被害者の名誉を傷つけたり汚したくないと考え、捜査員たちにあえて話してないことがあるんではありませんか？」

「いいえ、捜査には全面的に協力してきましたよ。隠してることなんか何もない」

「捜査資料によると、故人は金銭欲が強かったみたいだな。一般論ですが、金銭に執着心のある男は色欲も強いんですよね」

「そういう話は、どこかで聞いたことがあるな」

「被害者の稲葉さんは、女にだらしがなかったんじゃないですか？」

「浮気ぐらいは一、二回はしてたでしょうが、先代が女狂いだったなんてことは……」

黒瀬の目が落ち着かなくなった。白戸が先に喋った。

「組長、いま、焦ったでしょ？」

「いや、別に」

「組長に弄《もてあそ》ばれた女が誰かを実行犯にしたかもしれないんだよね？」

「事件の主犯は女だったとも考えられるのか」

「そうなんです。執念深い女もいるでしょ？」

「うん、まあ」

黒瀬は茶を啜《すす》った。何か迷っている様子だった。

「英雄色を好むという言葉もあります。先代の組長は裏社会ではヒーローといってもいい存在だった。仮に女好きであったとしても、さほど不名誉なことじゃないと思いますよ」

尾津は言った。

「言われてみれば、そうだね。それほど故人の名誉を傷つけるわけじゃないな。そもそも堅気じゃないわけだからね」

「そう思います。黒瀬さん、教えてください。故人は女好きだったんでしょ？」

「ええ、無類の女好きでしたね。相手が人妻であったり、彼氏がいても、気に入った女は手に入れてました。はっきりした数はわかりませんが、何人かをシングルマザーにしたんですよ。しかし、先代は女房持ちでした」

「話をつづけてください」

「最初の数年は愛人に生活費を渡し、子供の養育費も払ってたようです。しかし、だんだん負担になったんでしょう。いつしか誰にも金を払わなくなりました」

「シングルマザーたちは泣き寝入りすることになったんだろうな。産んだ子の父親は組長だから、下手に騒いだら、何をされるかわからない。そう考えるでしょうからね」

「ええ。先代に談判にきた女性はたったのひとりでしたね」

「そのシングルマザーのことを詳しく教えてくれますか」

「わかりました。常盤佐世《ときわさよ》という名で、いま三十四歳のはずです。二十代のころは高級クラブでナンバーワンのホステスだったんですが、独立してワインバーを経営してたんですよ。でも、店が新興組織の準幹部たちの溜まり場になってしまったんだよね」

「先代の組長がその連中を追っ払ってやったことで、常盤佐世は情婦《いろ》になった。それで、シングルマザーになったんでしょ？」

「そうなんです。先代は彼女と息子の生活の面倒を見る気でいたようですが、気の強い佐世に飽《あ》きてしまったんでしょう。今年六歳になる子供が生後五ヵ月を過ぎたころ……」

「母子から遠ざかってしまったんですね？」

「そうです。佐世は無責任すぎると組事務所に何度も乗り込んできて、せめて子供の養育費だけでも払ってくれと泣いて訴えたんですが、先代は冷たく追い返しました。彼女は、先代の組長を恨んでるだろうな」

「常盤佐世さんはどうやって生活をしてたんです？」

「化粧品の販売員や小さな会社で事務員をやってたらしいが、子供を保育所に預けて生活できるほど給料は貰えなかったんでしょう。噂によると、常盤佐世は二年ほど前から六本《ろっぽん》木《ぎ》の『エルジェルハウス』という高級売春クラブで小金《こがね》を持ってる男たちの相手をしてるらしいですよ。彼女の源氏名は奈穂《なほ》だったと思います」

「高級売春クラブを仕切ってるのは？」

「明和会《めいわかい》ですよ。クラブ事務所は赤坂《あかさか》六丁目のＪＫビルの五階にあるようです」

「そうですか。その彼女のことを少し調べてみます」

「お役に立てるといいんですがね」

黒瀬が言った。

尾津は日本茶を一口飲んで、白戸を肘で軽くつついた。

第四章　容疑者の死

1

エレベーターが上昇しはじめた。

六本木のＪＫビルだ。尾津・白戸コンビは函《ケージ》の中にいた。ほどなく五階に着いた。

尾津たちはケージを出た。『エンジェルハウス』はエレベーターホールの右手にあった。

事務所に近づいたとき、中から若い女性が出てきた。化粧が濃く、肉感的な肢体だった。高級娼婦だろう。

慌《あわ》てている様子だ。これから客の待つホテルに行くのではないか。

「急いでるんだろうが、ちょっと捜査に協力してもらえないか」

尾津は女に声をかけた。

「麻布《あざぶ》署の刑事さん？」

「いや、警視庁捜査一課の者だよ」

「ということは、売春の摘発じゃないのね。ああ、よかった！」

相手が胸を撫《な》で下ろした。尾津は警察手帳を短く見せた。

「ある殺人事件の捜査をしてるんだが、協力してほしいんだ。きみには迷惑はかけないよ」

「困ったわ」

「客がホテルで待ってるんだな？」

「え、ええ」

「手間は取らせないよ」

「わたしの身許調べはしないと約束してくれるんだったら、協力してもいいわ」

女が答えた。

尾津はうなずき、相手を通路の奥まで導いた。白戸がのっしのっしと従《つ》いてくる。

三人はたたずんだ。

「連れの刑事さんは、男稼業を張ってるんじゃないかと思っちゃったわ。その筋の男性《ひと》っぽいものね」

「相棒はよくヤーさんに見られるんだが、正真正銘の警察官だよ」

尾津は女に言った。

「調べてるのは、どんな事件なの？」

「四年前の三月に関東誠和会の二次組織の組長が殺されたんだが、その継続捜査をやってるんだよ」

「そうなの」

「『エンジェルハウス』で一緒に働いてるシングルマザーの奈穂さんのことで、いくつか質問させてほしいんだ」

「奈穂姉《ねえ》が殺人事件に関与してるの!?」

「そういうわけじゃないんだ」

「そうよね。最年長の奈穂さんは、わたしたち二十代の娘《こ》たちの姉貴みたいな存在なの。気は強いけど、根は優しいのよ。だから、年下のみんなに慕われてるの」

「そう。奈穂さんは事務所で待機中なのかな？」

「ううん、ホテルで仕事中よ。初めての客に指名されて、六本木エクセレントホテルに四、五十分前に出かけたの。わたしも、同じホテルに行かなきゃならないのよ」

「それじゃ、本題に入ろう。奈穂さんの本名が常盤佐世さんだってことは？」

「ええ、知ってるわ。わたし、佐世さんの自宅マンションに月に一、二度は行ってるの」

「それじゃ、佐世さんの子供のことも知ってるね？」

「わたし、翔太《しょうた》君をかわいがってるの。腕白だけど、どこか淋しそうなのよ。お母さんが働かなきゃならないんで以前は昼間、ずっと保育所に預けられてたのよね。二年前からは、家でひとりで留守番をしてるの。翔太君は甥っ子みたいなものね。ほら、この子よ」

女がバッグからスマートフォンを取り出し、画像を再生した。尾津はディスプレイを覗き込んだ。被写体は五、六歳の男児と三十三、四歳の女性だった。

「坊やと一緒に写ってるのが佐世さんだね？」

「ええ、そう。ちょっと目がきついけど、美人よね？　佐世さんは翔太君の父親は遊び人だと言ってたけど、もしかしたら、四年前に殺された組長が……」

「実は、そうなんだよ。佐世さんは子供の養育費もろくに払ってもらえなかったんで、女手ひとつで息子を育ててるんだ」

「ええ、そのことは知ってたわ。でも、翔太君の父親の名は決して口にしなかったの。佐世さん、やくざの子供を産んだことを知られたくなかったのね。でも、世間体を気にするタイプじゃないから、多分、子供に父親のことを知られたくなかったんだろうな。翔太君がコンプレックスを持ったり、いじけたりすると困るもんね」

「そうなんだろうな。佐世さん、翔太君の父親を恨んでるんだろうか」

「そんなふうには見えないけどね。奈穂姉は、後悔しないタイプなんですよ。何かで失敗しても、くよくよしないの。勝手にシングルマザーになったんだから、泥棒してでも翔太君を育て上げると酔うたびに言ってるわ」

「なら、常盤佐世さんが翔太君の父親を誰かに殺させたなんて考えられないかな？」

「ええ、考えられませんね。わたし、そろそろ行かないと……」

女がスマートフォンをバッグに仕舞い、腕時計に目をやった。尾津は相手に謝意を表した。女が軽く頭を下げ、エレベーターホールに急ぐ。

「尾津さん、どうする？『エンジェルハウス』にいる娼婦やマネージャーにも会ってみる？」

「会っても、たいした情報は得られないだろう。常盤佐世が事務所に戻ってきたら、直《じか》に本人に探りを入れてみよう」

「そうするか」

「白戸、一階で佐世を待とう」

尾津たちはエレベーターで一階に降りた。ホールの隅に立って数分後、慌ただしくケージに乗り込む女性がいた。なんと佐世だった。

呼びかける前に、エレベーターの扉は閉まってしまった。

「佐世の表情は険《けわ》しかったね。客と何かでトラブったんじゃねえのかな」

白戸が呟いた。

「おそらく、そうなんだろう」

「また、五階に上がる？」

「そうしよう」

尾津は上昇ボタンを押した。

待つほどもなくケージが来た。コンビは五階に上がった。『エンジェルハウス』に近づくと、ドア越しに男女が言い争う声が響いてきた。

「お客さんは神さまなんだ。それに二時間コースで十万、泊まりで十八万も貰ってるんだから、客のリクエストには応《こた》えてやれよ」

「マネージャー、わたしは変態男にハイヒールのヒールを大事なとこに突っ込まれそうになったのよ。あの男はサディストなんだわ。わたしの性器が血塗れになるとこを見たかったんでしょうね」

「そうだったのかもしれないが、もっと上手に断るべきだったろうが！　奈穂、おまえはもう三十四なんだぞ。客を選べる年齢《とし》じゃないぜ」

「だからって、客の言いなりになってたら、体をボロボロにされちゃうわ」

「やんわりと断ればよかったんだよ。客に平手打ちをして変態呼ばわりしたら、そりゃ怒るさ。クレームの電話を二度もかけてきたんだぞ。すぐにホテルに戻って、まず客に詫びるんだな。それから目一杯サービスしてやりゃ、機嫌を直してくれるさ。とにかく、すぐにホテルに戻れ！」

「冗談じゃないわ。マネージャー、部屋に行って客を少し痛めつけてちょうだい。わたしたち女の子がいるから、このビジネスが成り立ってるんじゃないの。わたしたちの稼ぎの四十パーセントもハネてんだからさ、それぐらいやってよ」

「てめえ、誰に物を言ってるんだっ。三十過ぎてる女を抱えてやってんだぞ。それだけでもありがたいと思え。さっきも言ったが、客は神さまなんだ。逆《さか》らっちゃいけねえんだよっ」

「わたしたちは人間なのよ」

「生意気なことを言うんじゃねえ。客の要求を拒んじゃいけねえんだよ。極端な話、客が小便を飲めと言ったら、口の中に溜めて後《あと》で吐き出すぐらいのプロ根性を出せ。縛られて性具をぶち込まれたら、せいぜいよがり声をあげてやれ」

「ふざけるんじゃないわよ」

「てめえ、開き直ったな。ホテルに戻る気がないんだったら、おまえはクビだ」

「ああ、やめてやるわ。今週分のわたしの稼ぎをいますぐ精算してちょうだい。いろいろ支払いがあるのよ」

「月末に精算してやらあ」

「いま払ってよ」

「ホテルに戻るんだったら、今夜、精算してやってもいいぜ」

マネージャーが条件を出した。常盤佐世は黙ったままだった。すぐにも金を工面《くめん》しなければならない事情があるようだ。

「尾津さん、おれ、もう限界だよ。マネージャーをぶっ飛ばして、佐世の稼ぎをすぐに精算させる」

「白戸、落ち着け！　おれたちが身分を明かしたら、麻布署の生活安全課の連中を呼ばざるを得なくなる。『エンジェルハウス』が摘発されたら、佐世は今週分の稼ぎも貰えなくなるだろうが。検挙されて、書類送検されることは間違いないからな」

「そうなっちゃうね。翔太って子供は母親が体を売って生活費を捻出してると知ったら、ショックを受けるにちがいない」

「それだから、おれたちが踏み込むのはまずいんだよ」

尾津は言い諭《さと》した。白戸が相槌を打つ。

「奈穂、どうするよ？　ホテルに戻って、客に謝罪する気になったかい？」

「クビで結構よ。今週分は、月末に取りにくるわ」

「おまえ、マジかよ!?　ほかの売春クラブでは雇ってもらえねえぞ。ガキを育てなきゃならねえんだろ？　熟女パブで働いたって、二人で喰っていくのは大変だぜ」

「余計なお世話よ。立ちんぼやっても、息子はちゃんと育てる。女の生き血を吸ってるような半端なやくざが偉そうなことを言うんじゃないわよ」

「なんだと!?　てめえはクビだ！」

「こんなクラブは願い下げよっ」

佐世が啖呵《たんか》を切った。尾津は白戸の袖を引っ張り、先にエレベーターで一階に降りた。

少し待つと、佐世が函《ケージ》から出てきた。思い詰めた表情だった。

「彼女は相当、金に困ってるようだな。何かやらかしそうだな」

尾津は低く言った。

「暗がりで男に声をかけて、ホテルに誘う気なんだろうか」

「高級娼婦だったんだから、立ちんぼみたいなことはしないと思うよ。しかし、金になるような物を万引きするかもしれないぞ。少し彼女を尾《つ》けてみよう」

「了解！」

白戸がうなずいた。

佐世はJKビルを出ると、六本木交差点に向かって歩きだした。歩きながら、貴金属店や高級ブティックに目をやっている。窃盗を働く気になったのか。

やがて、佐世は交差点に達した。横断歩道を渡り、今度は俳優座方面に進む。

佐世は俳優座の先の文房具店に入った。買い求めたのは大型カッターナイフだった。佐世は六本木交差点の方に引き返し、今度は外苑東《がいえんひがし》通りを飯倉《いいぐら》方面に向かった。六本木五丁目交差点の手前で立ち止まり、佐世は通りかかる女性グループに視線を向けはじめた。

「シングルマザーは通りかかった女性グループを脇道に連れ込んで、恐喝《カツアゲ》をする気なんじゃねえのかな。さっきカッターナイフを買ったからさ」

白戸が小声で言った。

「おれも、そう思ったよ。多分、当たりだろう」

「尾津さん、恐喝も見逃してやるつもり？」

「さすがに、それはまずいだろ？」

「そうだね」

「佐世がカッターナイフを取り出す前に声をかけよう」

尾津は佐世から目を離さなかった。

佐世がOLらしき三人連れに何か問いかけ、裏通りに誘い込んだ。

「おれが三人連れを逃がすから、尾津さんは常盤佐世の逃げ場を封じてよ」

「わかった」

尾津は先に脇道に足を踏み入れた。佐世は三人連れの女性グループに街頭アンケートに答えてほしいと話しかけている。まだ刃物は手にしていない。

尾津は黙って佐世の片腕を掴み、三人連れから引き離した。白戸がOLと思われる女たちを表通りに導く。

「何なのよ、いきなり腕を掴んだりして。失礼じゃないの！」

「恐喝をやらせたくなかったんだよ」

「あなた、誰なの!?」

「警視庁捜査一課の者なんだ」

尾津は警察手帳を呈示し、『エンジェルハウス』から尾行していたことを告げた。

「わたしが恐喝をやりそうに見えたって言うの!?」

「俳優座の並びの文房具店で大型カッターナイフを買ったとこを見てるんだ。その前にマネージャーと言い争ってた声も聞いてるんだよ。そっちがクビになったことも知ってる。

どうしても金が必要だったんで、恐喝する気になったんだろ？」

「まずったわね。マンションの家賃を二ヵ月分溜めて、心理的に追い込まれてたんで……」

「さっきの三人連れから金を巻き上げようと思ったんだな？」

「そうだけど、まだ脅迫してないんだから、罪には問われないんでしょ？」

「恐喝未遂でも立件は難しいな」

「よかった！　刑事さんにこんなことをお願いしたら、怒鳴りつけられるだろうな。でも、切羽詰まってるんで、言っちゃうね。わたしを十万円で買ってくれません？」

「少しぐらいなら、カンパをしてもいいが……」

「わたしは物乞《ものご》いじゃないわ。ばかにしないでちょうだい！」

佐世が眉根を寄せた。ちょうどそのとき、白戸が駆け戻ってきた。

「こっちの連れの白戸だよ。おれたちは四年前の三月に自宅近くの路上で射殺された稲葉光輝の事件の継続捜査を担当してるんだ」

「そうなの」

「息子の父親のことをまさか知らないと言うんじゃないだろうな？」

「稲葉は何人もの女を不幸にしたんだから、いつか誰かに殺されるんじゃないかと思ってたわ」

「誰か思い当たる人物はいるのかな？」

尾津は訊いた。

「特にいないわ。そうか、わたしが疑われてるわけね？　そうなんでしょ？」

「そっちは稲葉の無責任さにだいぶ腹を立ててたようだな。組事務所に何度か子供の養育費ぐらい払えと怒鳴り込んだんだって？」

「黒瀬さんあたりに聞いたようね。いまの組長はわたしに同情してくれて、味方になってくれたの。そしたら、稲葉は黒瀬さんにわたしを寝盗《と》ったんじゃないかと冗談めかして言ったのよ。でも、目は笑ってなかったわ」

「あんた、現組長と密《ひそ》かに通じてたのかい？」

白戸が口を挟んだ。

「わたしたちはそんな関係じゃないわ。黒瀬さんは、シングルマザーになって苦労してるわたしを単に気の毒がってくれただけよ」

「殺された初代組長は、女癖が悪かったみたいだな？」

「発情期の犬みたいだったわね。見境なく女に手を出してたわ。事件の数カ月前に親しくしてた毎朝日報の社会部記者と急に仲違いしたのも多分……」

「その記者は村中のことだろ？」

「ええ、そう。証拠があるわけじゃないけど、稲葉は村中さんの奥さんを力ずくで犯したんじゃないのかしら？」

「二人は共謀して恐喝をやってたみたいなんだよ。その分け前の配分のことで対立するようになって、疎遠になったんだと思うがな」

「仲違いしたのは、お金のことだけじゃない気がするわ。きっと稲葉は村中さんの奥さんに手を出したにちがいない。あの男は親しくしてる友人や知り合いの妻や恋人を奪うときは、異常なほど興奮するんだと真顔《まがお》で言ってたことがあるの」

「だとしたら、性格が歪んでるな」

「そうよね。稲葉は他人《ひと》が大事にしてるものを奪うことに歓《よろこ》びを感じてたんだと思うわ」

「村中の女房が稲葉に姦《や》られたんだとしたら、ごろつき記者がまた怪しくなってくるな」

「白戸、露骨な表現は控えろ」

「ストレートすぎたか」

白戸が頭に手をやった。佐世が小さく笑った。

「ほかに女絡みで初代組長を恨んでそうな男は知らないかな？」

尾津は佐世に訊《たず》ねた。

「具体的には誰とは言えないけど、稲葉は多くの男たちに恨まれたり、憎まれてたでしょうね」

「稲葉に棄《す》てられた女性の誰かが殺し屋を雇ったとは考えられない？」

「稲葉を殺してやりたいと思った女は、たくさんいたでしょうね。でも、たいていの女性は逞《たくま》しいの。縁の切れた男のことなんか、じきに忘れちゃうのよ。それに、稲葉なんか殺すだけの値打ちもないと思ったんじゃないかな。少なくとも、わたしはそうね」

「つまり、自分は稲葉殺しにはタッチしてないってことだな」

「ええ」

佐世が即座に応じた。

「おまえ、先に車で桜田門に戻ってくれないか？」

「尾津さん、どういうことなんだい？」

「佐世さんに一杯奢《おご》って、強《したた》かに生きろって力づけてやりたいんだ。おまえに飲酒運転させられないじゃないか。だから、先にアジトに戻ってくれよ」

「そういうことなら、別行動をとるか」

白戸が体を反転させて、外苑東通りに向かった。尾津は白戸の後ろ姿が見えなくなってから、佐世に顔を向けた。

「ホテルに行こう。きみを十万円で買わせてもらうよ」

「わたしを哀《あわ》れんでるんじゃないでしょうね？」

「違う。熟《う》れた三十女を思う存分に抱きたくなったんだよ。抱き心地がよさそうだからな」

「そういうことなら、買ってもらうわ。うーんとサービスしてあげる」

佐世が艶《つや》っぽく笑い、腕を絡めてきた。十万円をカンパするだけだと、相手の自尊心を傷つけることになる。尾津は本気で快楽を貪《むさぼ》るつもりになっていた。

二人は黙って歩きつづけた。

2

巨漢刑事が妙な笑い方をした。

職場に足を踏み入れた瞬間だった。分室には白戸しかいなかった。

佐世と六本木の高級ラブホテルで肌を重ねた翌朝だ。九時を十分ほど回っていた。

「にやついてるが、どうしたんだ？」

尾津は、白戸の机に歩み寄った。

「昨夜《ゆうべ》、おれは尾津さんたち二人をこっそり尾《つ》けたんだよ」

「えっ!?」

「尾津さんが妙なことを言ったんで、尾行する気になったんだ。佐世を単に励ますだけじゃないだろうって思ったんでさ。そしたら、予想通りに東京ミッドタウンの斜め前にある高級ラブホテルに入っていった」

「おまえ、まさかおれを強請《ゆす》る気なんじゃないだろうな」

「安心してよ。おれは、そんなチンケな男じゃない。それに、こっちも優等生じゃないからね」

「叩けば、いくらでも埃《ほこり》が出る身だからな」

「尾津さんは売春クラブをクビになった佐世に同情して、少し稼がせてやる気になったんだろうな。多分、最初は彼女にカンパする気だったんじゃないの？」

「白戸、成長したじゃないか」

「やっぱり、そうだったか。何もしないで金を恵んでもらったら、惨《みじ》めすぎる。佐世は、そんな意味のことを言ったんだろうな。で、尾津さんは善人めいたことを言った自分を恥じて、佐世の客になった。当たりでしょ？」

「うん、まあ」

「熟れた三十女は舌技が巧《たく》みだし、腰の使い方も申し分なかったんだろうな」

白戸が好奇心を露《あらわ》にした。

尾津は曖昧に笑って、自席についた。秘め事を他人に喋る趣味はなかった。

佐世は床上手《とこじょうず》だった。男の性感帯を識《し》り尽くしていて、的確に刺激してきた。娼婦でありながら、どの愛撫も決して御座《おざ》なりではなかった。

尾津は佐世の誠意とサービス精神を感じ取り、情熱的に応えた。口唇愛撫も厭《いと》わなかった。

春をひさぐ女たちは、さまざまな痴態《ちたい》を見せるが、たいがい演技だ。いちいち気を入れたら、身が保《も》たない。しかし、佐世は本気で乱れた。

沸点に達すると、裸身をリズミカルに硬直させた。悦《よろこ》びの声は長く尾を曳《ひ》いた。佐世の性器は、まるで搾乳器《さくにゅうき》だった。

尾津は分身を断続的にきつく締めつけられた。しばらく硬度は変わらなかった。佐世は時々、肛門をすぼめた。そのたびに、前の部分も締まった。尾津は思わず声をあげてしまった。

情交は烈《はげ》しかった。尾津は佐世の三度目のエクスタシーに合わせて、勢いよく放った。射精感は鋭かった。二人は余韻《よいん》を汲《く》み取ってから、別々にシャワーを浴びた。

尾津は佐世が浴室にいる間に、彼女のバッグに万札を二十枚入れた。二時間コースの料金は十万円だったが、倍額を払うだけの価値はあった。

佐世は広尾《ひろお》の賃貸マンションで息子と暮らしているという話だった。尾津は表通りでタクシーを拾い、先に佐世を乗せた。

むろん、車代を一万円渡してやった。そして、尾津は別のタクシーで帰宅した。愉《たの》しい夜だった。

「能塚さんは、六階の本家に行ってる。勝又さんは、まだ登庁してない。ライブの後、サポーター仲間と梯子酒《はしござけ》でもしたんじゃねえのかな」

白戸が言った。

「そうかもしれない」

「四十過ぎてさ、何かに夢中になれるのはいいことじゃないの？　別にニヒリストぶるわけじゃないけどさ、おれ、熱くなれるものなんかないからね」

「おまえは女遊びにうつつを抜かしてるじゃないか」

「おれは、ただ性エネルギーを発散させてるだけだよ。寝た女たちに惚れてるわけじゃない」

「情感の伴わないセックスは虚しいんじゃないのか。味気ないからな」

「時々、そう思うよ。けど、タンクが一杯になると、何がなんでも女を抱きたくなっちゃうんだよね。おふくろの父親が女好きだから、隔世遺伝だろう」

「おれも女は嫌いじゃないが、おまえはド助平だからな」

「ほとんど病気かもしれないね」

「そうだな」

尾津は小さく笑って、煙草に火を点けた。

深く喫《す》いつけたとき、勝又主任が恐る恐るアジトに入ってきた。瞼が腫《は》れぼったい。寝不足なのだろう。

「主任、能塚さんはいないよ。大久保係長のとこに行ってんだ」

白戸が言った。

「助かった。室長が出ていった直後に登庁したってことにしといてくれないか」

「いいっすよ。勝又さん、昨夜《ゆうべ》はサポーターたちと飲み歩いてたんでしょ?」

「そうなんだよ。〝ももいろクローバーZ〟の五人の成長ぶりをサポーター仲間と語り合ってたんだが、誰もが話し足りなくてさ、結局、終電には乗れなかった。ならばってことで、みんなで午前四時近くまで飲んでたんだ。眠いけど、充実した時間を過ごしたよ」

「勝又さんは、青春真っ只中って感じだな」

「まさに、いまが青春時代だね。四十男がこんなことを言ってると、頭がおかしいと思われるかもしれないけどさ」

「人の目なんか気にすることはないと思うな。別に誰かに迷惑をかけてるわけじゃないんだから、やりたいことをやればいいんですよ」

「そうだよな。職務には積極的とは言えないけど、ぼく、俸給分は働いてるつもりなんだ」

「本人がそう思ってるんだったら、別に問題はないんじゃないの」

「でも、室長の目には働きが足りないと映ってるみたいなんだよな」

「気にすることはありませんよ」

尾津は勝又に声をかけた。

「おや、ふだんよりもなんか清々《すがすが》しげだな。尾津君、何かいいことでもあったの？」

「特に何もありませんよ」

「いや、何かあった感じだな。好きな女性でもできたのかもしれないね」

勝又が言いながら、自分のロッカーに歩み寄った。背負っていた黒いリュックをロッカーの中に収め、自席の椅子を引いた。

そのとき、能塚が分室に戻ってきた。

「みんな、聞いてくれ。村中の居所は依然として摑めてないが、大久保ちゃんの部下が新事実を得たらしいんだよ」

「どんな新事実なんです？」

尾津は最初に訊いた。

「村中の妻の和歌子は、被害者の稲葉と男女の関係だったみたいなんだ。四年数ヵ月前まで、稲葉は都心のシティホテルで村中和歌子と真昼の情事を重ねてたらしいんだよ」

「多分、村中の妻は稲葉に犯されたんで、仕方なくホテルに行ってたんでしょう」

「尾津、何か知ってるんだな？」

能塚が言った。尾津は、佐世から聞いた話を喋った。

「稲葉が人妻や知り合いの彼女を奪うことに歪んだ征服感を覚えてたんなら、村中和歌子は被害者に力ずくで体を奪われたんだろうな。そのことを夫に知られたくなかったんで、和歌子は真昼の情事の相手を務めざるを得なかったんじゃないか」

「室長、本家の刑事はそのあたりのことを村中和歌子に鎌をかけてみたんでしょ？」

「ああ。本人は稲葉との関係を強く否定したらしいんだが、ホテルの従業員たちの証言で二人が密会してたと考えられるね。残念ながら、何年も前の録画映像は保存してないそうなんだ」

「そうですか」

「室長、村中は妻が稲葉と体の関係があったと勘づいてたんでしょうか？」

勝又が問いかけた。

「それはわからないということだったよ」

「そうですか。稲葉光輝が妻を愛人のひとりにしてたことを村中が知ってたとしたら……」

「村中が第三者に稲葉を射殺させたとも疑えるな」

「そうだったんじゃないのかな。だから、村中はハワイから帰国しても、自宅や乃木坂のマンションには近づかずに姿をくらましたんでしょ？　室長、犯人《ホシ》は村中と見るべきですよ」

「勝又、先走るな。村中が稲葉に女房を寝盗られたことを知ったら、殺意を抱くかもしれない。でもな、村中が妻と稲葉の関係を知ったかどうかは不明なんだ」

「ええ、そうですね。でも、恐喝の分け前のことで揉めたとしても、村中は被害者を殺そうとは思わないでしょ？　女房をレイプされてセックスペットにされたんで、村中は稲葉を殺す気になったんですよ。ぼくは、そう思いますね」

「尾津はどう思う？」

能塚が訊いた。

「妻が稲葉に辱《はずかし》められたと知ったら、村中は当然、殺意を覚えるでしょうね。しかし、室長がおっしゃったように村中がそれを知ったかどうかは、まだわかってません。いまだに妻と稲葉が男女の関係だったとは気づいてないとも考えられるでしょ？」

「そうだな。だとしたら、妻を寝盗られたことは殺人の動機にはならない」

「ええ。仮に村中が誰かに稲葉を撃ち殺させたとしたら、別のトラブルが犯行の引き金になったはずですよ」

「おれも同じ考えだね」

白戸が尾津の意見を支持した。勝又が考える顔つきになった。

能塚が腰に両手を当て、長く唸った。

その直後、二係の大久保係長が分室に駆け込んできた。緊張した面持《おもも》ちだった。

「大久保ちゃん、どうした？」

「姿をくらましていた村中が長野県の諏訪《すわ》湖畔の貸別荘の庭で何者かにゴルフのアイアンクラブで撲殺されたんですよ」

「なんだって⁉」

「村中は頭部を十数回も強打され、庭で死んでたそうです。事件通報があったのは、四十分ほど前だそうです」

「通報者は？」

「貸別荘の管理人です。いつものように二十数棟のロッジを巡回してたら、村中が庭に倒れてたということでした。村中はハワイから帰国した日の夕方に現地に現われ、運転免許証を呈示してロッジを借りて、独《ひと》りで滞在してたようです」

「そう」

「長野県警捜査一課の面々が鑑識が終わるのを待ってるようですが、現場に遺されてたアイアンクラブから指掌紋《しようもん》は出なかったそうです。犯人のものらしい靴のサイズは二十六センチで、大量生産された紐付きの短靴でした」

「靴で加害者を割り出すことは難しいな」

「ええ。長野県警から初動捜査の情報を提供してもらうつもりですが、チームの誰かに現場を踏んでもらったほうがいいと思います」

「わかった。大久保ちゃん、尾津と白戸を信州《しんしゆう》に行かせるよ」

「お願いします。これに、貸ロッジの所在地や管理人名などをメモしてあります」

「預からせてもらう」

能塚が大久保の手から紙片を受け取り、ざっと目を通した。

尾津は目顔で白戸を促し、先に椅子から立ち上がった。白戸も腰を浮かせる。二人は室長に歩み寄った。

「尾津、すぐに出発してくれ。おれと勝又は村中の血縁者、記者仲間、友人らから情報を集める」

「わかりました」

「頼むぞ」

能塚が紙片を差し出した。尾津はメモを受け取り、白戸と刑事部屋を出た。

二人は地下三階に下《くだ》り、急いでスカイラインに乗り込んだ。

白戸の運転で、本部庁舎を出た。首都高速道をたどって、中央自動車道の下り線に入る。

車の流れは悪くなかった。サイレンを轟《とどろ》かせなくても、スムーズに進めそうだ。

諏訪IC《インターチエンジ》まで高速で走る。ICから国道二十号線を行き、高島城《たかしまじよう》の先から湖岸道路を西へ向かった。

岡谷茅野《おかやちの》線の数百メートル手前を左折し、林道の中に覆面パトカーを乗り入れる。いくらも進まないうちに、左右に貸ロッジが見えてきた。

丸太を組み合わせたログハウスが横側に十数棟ずつ並んでいる。林道には、まったく車は見当たらない。

「現場検証はとうに終わって、捜査車輛と鑑識車は引き揚げたんだな」

白戸がスカイラインを徐行運転させはじめた。

「報道関係の車も目に留《と》まらないな。村中が借りてたのは、八号棟だったとメモされてる。もう少し先だろう」

「そうだろうね。遺留品《リュウ》の採取に手落ちはないだろうけどさ、運がよければ、何か手がかりを得られるかもしれないよ」

「白戸、あまり期待しないほうがいいな。長野県警が遺留品を見落とすとは思えないが、まだ陽《ひ》が高いんだ。二人で庭に這《は》いつくばって、目を凝《こ》らしてみよう」

「そうしますか」

「おっ、右手の二軒先が八号棟だな」

尾津は白戸に教えた。

ほどなく白戸が八号棟の前にスカイラインを横づけした。各ロッジはひっそりとしている。中途半端な季節のせいで、借り手がいないのだろう。利用者は村中だけだったのかもしれない。

尾津たちは車を降り、八号棟ロッジの庭に入った。

枯れた芝生の一部に、うっすらと血痕が残っている。村中がゴルフクラブで撲殺された場所にちがいない。

コンビは身を屈め、庭の端から仔細《しさい》に観察しはじめた。複数の足跡が見られるが、加害者の靴跡か定かではない。二人は徐々に遺体が横たわっていた場所に近づいた。

「見落とされた遺留品《リュウ》はなさそうだね」

白戸が呟くように言った。半ば予想していたことだ。尾津は別段、落胆しなかった。

二人は、血痕が点々と散っている場所にしゃがんだ。水が撒《ま》かれた場所を入念に見る。芝や雑草を手で掻《か》き分けてみたが、事件と繋《つな》がっていそうな物は落ちていなかった。

「八号棟は当然、戸締りをしてあるはずだが、ちょっと無断で入らせてもらおう」

尾津は立ち上がって、ログハウスの出入口に足を向けた。白戸が尾津と背中合わせに立ち、あたりに目を配った。

「近くには誰もいないね」

「そうか」

尾津は両手に布手袋を嵌め、上着の内ポケットからピッキング道具を取り出した。手早くドアのロックを解く。

コンビはログハウスの中に忍び込んだ。いつの間にか、白戸も手袋をしていた。

広い玄関ホールの右手に、トイレ、浴室、ダイニングキッチンがあった。左手には、二十五畳ほどのＬＤＫがある。その奥には、八畳の和室が見える。

雨戸とドレープのカーテンで窓は閉ざされ、薄暗い。尾津は厚手のドレープカーテンだけを横に払った。それだけでも、室内がだいぶ明るくなった。

だが、ロッジ利用者の持ち物は何も見当たらなかった。村中の私物は、すべて長野県警が持ち去ったのだろう。

尾津たちコンビは階下のドレープカーテンを閉め、二階に上がった。十五畳ほどの寝室には、シングルベッドが二台置かれている。チェストやドレッサーが据えてあったが、村中のトラベルバッグの類《たぐい》はなかった。造り付けの箪笥《たんす》の中は空っぽだった。

「無駄骨を折っちゃったね。この近くに管理人事務所があるはずだ。尾津さん、管理人に会ってみようよ」

「そうするか。管理人は大月勇《おおつきいさむ》という名で、奥さんと管理人事務所で寝泊まりしてるようだ。大久保係長のメモには、そう記《しる》されてたよ」

「行こう」

白戸が先にベッドルームを出た。尾津たちは階下に降り、ログハウスを後《あと》にした。

覆面パトカーに乗り込む。

管理人事務所は貸ロッジの連なる林道の少し先にあった。尾津たちは林道にスカイラインを駐《と》め、管理人事務所を訪ねた。八畳ほどの事務フロアにはスチール・デスクが一卓だけ置かれ、その近くにコンパクトなソファセットがあった。

管理人の大月は事務机に向かって、俳句専門誌を読んでいた。六十代の半ばだろう。細身だった。

尾津は刑事であることを明かし、協力を求めた。

「わざわざ東京からお越しになられたんでしたら、全面的に協力いたしましょう。といっても、お役に立てるかどうか。村中というお客さんは個人的なことは、ほとんど語らなかったんですよ」

「そうですか」

「ま、お掛けください」

大月が小振りの長椅子を手で示した。コンビは並んで腰かけた。大月が尾津の前に坐る。

「早速ですが、被害者はキャリーケースを持ってたと思われるんですが……」

尾津は質問した。

「サムソナイト製の黒っぽいケースを持ってました」

「首都圏から諏訪市に来たというようなことを口にしてませんでした？」

「いいえ、そういうことは何もおっしゃらなかったな。ロッジから食事を摂《と》りに外出されるだけで、観光もしなかったですね」

「誰かに追われてるなんてことも言いませんでしたか？」

「ええ。でも、何かまずいことがあったんで、しばらく貸ロッジに身を潜めてる感じでしたね。キャリーケースの中には会社から横領した札束がびっしり詰まってるんじゃないかと思ったりしたんですが、村中さんは毎朝日報社会部の記者だったとか」

「そうなんです」

「社会でタブー視されてる社会の暗部を抉《えぐ》ろうとして、おっかない連中に追われてたんじゃないんですか？」

「被害者は熱血記者ではなく、だいぶ悪さをしてたんですよ。精《くわ》しくは教えられませんけどね」

「そうなんですか」

「被害者の荷物は全部、長野県警の人たちが持ってったんですね？」

「ええ、そうです。捜査資料として一カ月ほど預かって、遺族の方に返却すると言ってました」

「遺体を発見されたときのことを聞かせていただけますか」

「いつもの巡回をしてるとき、八号棟の庭に人が倒れてたんです。車を降りて近づいてみたら、頭から血を流して亡くなってたのは村中さんでした。腰を抜かすほど驚きましたよ」

「そうでしょうね」

「管理人さんは、故人に呼びかけてみたんですか？」

白戸が大月に訊《たず》ねた。

「何度も呼びかけたんですが、村中さんは無反応でした。それで、手首に触れてみたんです。肌の温《ぬく》もりはありましたけど、脈は打ってなかったんですよ」

「血糊は凝固しきってなかったんだろうな」

「そうですね」

「巡回中に口論している声や叫び声は聞こえませんでしたか？」

「そういう声や悲鳴は聞いてません。不審な人物や車も見かけなかったですよ」

「そうですか」

「前科歴のある犯人が村中さんを短い時間に殺害して、素早く逃げたんでしょう。県警は県内全域に非常線を張って、隣接の県警に協力を要請したようだから、犯人はそのうち捕まるでしょう」

　大月が言った。

　これ以上粘っても、有力な手がかりは得られそうもない。尾津はそう判断して、白戸と辞去した。

　管理人事務所を出て間もなく、室長から尾津に電話があった。

「何か大きな収穫はあったか？」

「いいえ」

「こっちは気になる話を聞き込んだよ。記者仲間や友人たちから得た情報なんだが、村中と稲葉は五年あまり前から本庁公安部外事二課の捜査員たちの私生活をしつこく調べてたらしいんだ」

「外事二課は、中国と北朝鮮を担当してる。公安刑事の中に仮想敵国に情報を流してる不心得者がいるんだろうか」

「そういう裏切り者がいたら、公安部から多額の金を脅し取れるだろう。悪いが、すぐに東京に舞い戻ってくれないか」

「わかりました」

　尾津は通話を切り上げた。

鼓膜に圧迫感を覚えた。

3

ちょうどそのとき、エレベーターが停止した。『乃木坂ヒルズ』の二十一階だった。

尾津たちコンビは、五十代後半の管理人の後から函《ケージ》を出た。諏訪市から戻った足で、村中が妻に内緒で借りていた高級マンションを訪れたのである。

いずれ長野県警の強行犯係の者たちが『乃木坂ヒルズ』の二一〇五号室にやってくるだろう。尾津は、その前に組長殺しの手がかりを得たかった。

管理人には警視庁の刑事であることを明かし、協力を求めた。管理人は村中が殺されたことに驚いたが、二人の捜査員を二一〇五号室に入れるのをためらわなかった。

「こちらです」

管理人がエレベーターホールから通路に移った。

尾津・白戸コンビは後に従った。管理人がマスターキーを用《もち》いて、村中昌之の部屋のドア・ロックを外した。

「ご協力に感謝します」

尾津は管理人に礼を述べた。

「どういたしまして。村中さんは週に一、二度しか部屋を使ってませんでしたが、家賃はちゃんと払ってくれてましたんで、いい借り手でしたよ。居住者《きょじゅうしゃ》の方たちとトラブルを起こしたこともありませんでしたしね」

「そうですか。村中さんは、部屋にたまに女性を連れ込んでたのかな？」

「そういうことは、ただの一回もありませんでした。来客は男の方だけだったな。ひとりは長谷部という方で、『人間の海』という雑誌を発行されてるという話でしたね」

「その雑誌は、まともなものじゃないんです。長谷部は、いわゆるブラックジャーナリストなんですよ」

「えっ、そうなんですか⁉　それでは、もうひとりの土門という方も堅気じゃないんですかね？」

「土門辰徳は経済やくざですよ。殺された毎朝日報の記者は長谷部や土門とつるんで、恐喝を重ねてたと思われます。それだから、高級賃貸マンションをセカンドハウスにできたんでしょう」

「村中さんは、親の遺産が入ったと言ってましたけどね」

「それは嘘ですよ」

白戸が管理人に言った。

「諏訪湖の近くの貸ロッジに隠れてて撲殺されたなら、何か悪いことをしてたんでしょうね。刑事さん、村中さんは恐喝の共犯者たちと何かで揉めて、どちらかにゴルフクラブで撲殺されたのかもしれませんよ」

「いや、それはないでしょう。村中の事件には、長谷部と土門の二人は関与してないと思いますね」

「それでは、いったい誰が村中さんを……」

「加害者は、まだ透けてこないんですよ」

「そうですか。お帰りになられるとき、お声をかけてくださいね。二一〇五号室のドアをロックしなければなりませんので」

管理人が言って、エレベーターホールに向かって歩きだした。

尾津たち二人は、二一〇五号室に入った。靴を脱ぎ、どちらも白い布手袋を嵌める。

間取りは2LDKだった。尾津は窓のカーテンを払って、自然光を部屋の中に入れた。まだ午後三時過ぎだ。充分に明るい。

居間を挟んで、左右に和室と洋室がある。ひと通り家具や調度品は揃っているが、ほとんど生活臭はない。村中はセカンドハウスで長谷部や土門と悪謀を巡らせていただけで、月に数日しか泊まっていなかったのではないか。

「おれは洋室をチェックする。白戸は和室を検べてくれないか」

「了解！」

二人はリビングで、左右に分かれた。

尾津はベッドルームに入り、まずナイトテーブルの引き出しを開けた。組長殺しや村中の事件と結びつくような物品はなかった。

尾津はウォークイン・クローゼットの扉を押し開けた。洋服が数点ハンガーに吊《つ》るされ、その真下にキャビネットとプラスチックのケースが無造作に置いてあった。

キャビネットの中には、デジタルカメラが収まっていた。メモリーの数は少なくなかった。

尾津は画像を再生してみた。被写体の多くは、五、六十代の男と二、三十代の美女だった。男は大企業の重役、開業医、弁護士などだろう。美人たちは愛人にちがいない。

不倫スキャンダルは、手っ取り早く稼げる。成功者たちは地位や名誉にしがみつく傾向が強い。数百万円、数千万円の口止め料を払う者は少なくなかったはずだ。

尾津はデジタルカメラとメモリーを上着のポケットに入れ、プラスチックケースの中身を検《あらた》めた。

警視庁公安部外事二課の二人の捜査員の身上書と交友関係リストだった。

ひとりは荒垣圭吾《あらがきけいご》警部補、三十八歳だった。もうひとりは、品田陽次《しなだようじ》課長補佐だ。生年月日から、現在、四十四歳であることがわかる。

記録は六年前からのものだった。

稲葉の生前である。

荒垣は六年前まで外事一課でロシアと東欧を担当し、ロシア大使館の書記官、通信社特派員、パイロットなどから情報をうまく引き出し、警視総監賞を授与されている。その功績が評価されたのか、外事二課に移ってからは中国を担当していると記述されていた。

日本はスパイ天国だ。各国の情報員が民間人になりすまして、政治情勢や軍事情報を収集している。ことにロシア、中国、北朝鮮の工作員は凄腕揃いだ。

中国の女性工作員のハニートラップに引っかかり、軍事機密を流して逮捕された自衛官はひとりや二人ではない。逆に日本のＣＩＡと呼ばれている外事警察は仮想敵国の人々をスパイに仕立て、国家機密を得ていた。おそらく荒垣は、協力者を増やす任務に励んでいるのだろう。

品田はノンキャリアながら、順調に出世してきたようだ。本庁の警備部と公安部は、エリートたちの通り道である。警察官僚《キャリア》でない品田が課長補佐になれたのは、それなりに手柄を立てたからだろう。

身上書には、二人の公安刑事の顔写真が貼付《ちょうふ》されていた。荒垣はごく平凡な容姿だが、品田は甘いマスクをしている。二枚目俳優のような顔立ちだ。

ハンサムな公安刑事は、日本で暗躍している中国や北朝鮮の女性工作員に取り込まれた振りをして、相手を二重スパイにしてきたのかもしれない。

「尾津さん、クローゼットの中にいるのかな？」

スリッパの音がして、白戸が声を発した。

「そうだ。和室のほうはどうだった？」

「パソコンの電源は落とされて、初期設定に戻されてたよ。USBメモリーは一つも見つからなかった」

「そうか」

尾津は振り返った。

「押入れの下段に段ボール箱があって、その中に帯封の掛かった札束がびっしり詰まってたよ。札束は数えなかったけど、少なくとも四、五千万はあるんじゃないかな」

「長谷部たち二人と組んで恐喝で得た金だろう」

「だろうね。百万円の束を二つばかりポケットに入れたんだ、指紋《モン》が出て、強請られた相手が特定できるかもしれないからさ」

「そうだな」

「尾津さんのほうは何か得られた?」

「村中は外事二課の二人の捜査員を長いことマークしてたようだよ。外事警察の秘密を押さえた悪党記者は、公安部の弱みを稲葉に教えてたんじゃないか」

「二人は公安部から口止め料をせしめてたのかな。さらに稲葉は、司法取引をしろって迫ってたんじゃないの? 組対《そたい》四、五課が稲葉組を含めて関東誠和会の主な組織は絶対に摘発しないようにと要求したり、服役中の構成員たちの仮出所の時期を早めるとかさ。稲葉は、さらに自分の犯歴をAファイルから抹消しろなんて要求したんじゃないか」

「手入れを控えろぐらいは要求したかもしれないな。しかし、服役中の組員の刑期を短縮しろとか、自分の前科歴を消せとは言わないだろう」

「そこまで弱腰にはならないか、警察は。そうだろうね。でも、公安部は致命的な弱みを暴露されたくないんで、村中と稲葉には多額の口止め料を渡すだろうな」

「そうすると思うよ」

「稲葉は、公安部に何回も口止め料を要求したんじゃないかな。村中は一度しか金をせびらなかったんだけどさ」

「公安部は稲葉に際限なく無心されたくなかったから、四年前の三月に初代組長を消してしまった？」

「そういうストーリーも成り立つんじゃないの？」

「白戸の推測が正しいとしたら、二つの殺人事件の犯人《タマ》は同一犯じゃないってことになるな」

「まだ確証はないけどさ、村中は長谷部や土門と一緒に脅迫してた相手に撲殺されたんじゃないのかね。恐喝されてた本人が犯行《ヤマ》を踏んでないとしたら、実行犯はそいつに雇われたんだと思うな」

「稲葉が射殺されたのは、四年も前のことだ。公安警察が稲葉を葬ったんなら、とうに村中も始末されてるはずだよ。口止め料を一度しか貰ってなかったとしても、公安部は村中に急所を握られてることには変わりないわけだからな」

「そうだね。でもさ、村中は抜け目のない新聞記者《ブンヤ》だったんだろうから、外事警察も下手なことはできないでしょ？」

「まあな」

「だから、公安部は村中を生かしておいたんじゃねえのかな。外事警察が四年後に村中を始末したんだとしたら、ごろつき記者は驚くような額を要求したんだろうな。公安部の裏金はおそらく数億円はあるだろうけど、それをそっくり吐き出させようとしたんで……」

「外事警察は、村中も片づけたんじゃないかって筋読みだな？」

「そう。考えられなくはないと思うんだ」

白戸が言った。

「そうだな」

「村中はハワイにいるときに誰かに命を狙われてると感じ取って、諏訪湖畔の貸別荘に隠れる気になったんだろうね。で、ロッジの庭でアイアンクラブで頭部をぶっ叩かれて死んじまった。このマンションに隠してあった大金を持ち出す時間もなかったんだろう」

「村中はハワイで刺客の影に気づいたんだろうか」

「公安の連中は国家秘密を守るためなら、平気で冷酷なことをやるから、外部の誰かを殺人者に仕立てるだろう。外事警察を恐喝の対象にしたと思われる稲葉と村中はちょっと甘かったね」

「白戸、まだ外事二課が二つの殺人事件に関わってると断定できる証拠はないんだ。疑惑はあっても、捜査を慎重に進めよう」

「そうなんだけどさ、公安部はかなり怪しいな。それはそうとさ、荒垣と品田に関する資料を黙って借りちゃおうよ。長野県警の奴らに先を越されるのは面白くないでしょ？」

「それはそうだな」

尾津は同調した。白戸が黙って黒いパーカを脱ぎ、プラスチックケースに入っていた身上書やメモをまとめて包み込んだ。

「分室に戻ろう」

尾津はウォークイン・クローゼットを出て、寝室から居間に移動した。白戸を待って、二一〇五号室を出る。

二人はエレベーターで一階に降り、管理人に挨拶をした。白戸はパーカを小脇に抱えていたが、管理人に怪しまれることはなかった。

尾津たちは表に出て、路上に駐《と》めたスカイラインに乗り込んだ。

本部庁舎の地下三階に潜り込んだのは、十数分後だった。尾津たちは分室に戻った。

能塚、勝又、大久保係長の三人がソファに腰かけ、何か話し込んでいた。

「ただいま戻りました」

「ちょっと帰りが遅かったな。まさか二人でナンパしてたんじゃないだろうね。おっと、笑えない冗談だったな」

能塚室長がおどけて、平手で自分の額を叩いた。大久保と勝又が顔を見合わせ、戸惑った表情を見せた。

『乃木坂ヒルズ』に寄ってきたんですよ。長野県警が村中のセカンドハウスを知る前に、何か手がかりを押さえたいと思ったんでね」

尾津は上着のポケットからデジタルカメラとメモリーを取り出し、コーヒーテーブルの上に置いた。白戸がパーカで包み込んでいた物を同じように並べる。札束も出した。

「高級賃貸マンションから勝手に持ち出した物だね？」

大久保係長が尾津に確かめた。

「そうです。刑事が泥棒みたいなことをしては問題なんですが、この際、目をつぶってください」

「いいだろう。長野県警に先を越されたら、われわれの立場がないからな。尾津君、説明してくれないか」

「はい」

尾津は立ったまま、経過を伝えた。能塚がデジタルカメラの画像を再生させはじめた。大久保と勝又が画像を覗き込む。

「男たちの不倫の証拠画像だな。おっさんたちは、こんな若い美女たちを愛人にしてたのか。なんか面白くないな。尾津も、そう思うだろ？」

能塚が相槌を求めた。

「そうですが、羨ましいとは思わないな。被写体の男たちは美しい愛人とのスキャンダルを恐喝材料にされて、村中、長谷部、土門の三人にたっぷり口止め料をせびられたにちがいありませんから」

「いい気味だ」

「室長、ジェラシーもろ出しだな」

白戸が茶化した。

「ヘミングウェイの小説に『勝者には何もやるな』って作品があったと思うが、社会的地位、金、美女を手に入れる男がいるのはなんか許せんよ」

「子供みたいだな」

「大久保ちゃんなら、おれの気持ちをわかってくれるよな？」

「よくわかりますよ。世渡りの上手な男は、いろんな面でいい思いをしてますからね」

「そうなんだよな。要領よく生きられなかった男たちの人生には華《はな》がない。妬《ねた》ましくなっちゃうよ。でも、画像の男たちは二つの殺人事件には絡んでないな。そんな気がするね」

「わたしも、そう思います」

大久保が能塚に言って、尾津を見た。

「きみらが無断で持ち出した身上書やメモでわかっただろうが、村中は五年も前から外事二課の荒垣圭吾と品田陽次の二人の動きを探ってたようなんだ。アウトロー記者は公安刑事たちの不正の事実を押さえて、射殺された稲葉光輝と共謀し、警視庁《うち》の公安部長あたりに裏取引を持ちかけたんじゃないか。高額の口止め料を脅し取ったのか、あるいは何か別の要求をしたのかはわからないがね」

「そうなんでしょうか」

「組長だった稲葉は、無理難題を吹っかけたんだろう。それで、四年前に始末されたんじゃないのかな」

「公安部は村中をしばらく生かしておいても問題を起こさないだろうと高を括《くく》ってたんだが、最近、とんでもない要求をしてきた。それで、村中の口も封じる気になったんじゃないのか」

「係長はそう読んだわけか」

「外事二課の荒垣と品田は、村中に何を知られてしまったのか。それを調べれば、捜査は大きく前進すると思うんだよ」

「そうかもしれません」

「尾津、おれは勝又と一緒に荒垣に張りついてみる」

能塚室長が話に割り込んだ。

「おれたち二人は、品田陽次課長補佐をマークすればいいんですね？」

「そうしてくれないか。大久保ちゃんの情報によると、品田は商社マンを装って赤坂にある『ワールド』という高級クラブに足繁く通ってるらしいんだ」

「そうですか」

「その店は、各国大使館員や特派員たちの溜まり場なんだってさ。ホステスになりすました仮想敵国の美しい情報員が働いてるとも考えられる」

「品田刑事は女スパイたちを取り込む目的で、何か危《ヤバ》いことをしてたんだろうか。それを村中に知られてしまって……」

「脅迫に屈してきたとも考えられるね。夜になったら、『ワールド』を覗いてみてくれよ」

「わかりました」

「荒垣は在日中国人たちと接触して、協力者づくりにいそしんでるそうだ。S《エス》を育てる名人だと言われてる男だから、チャイニーズ・マフィアや不法残留中国人などの弱みにつけ込んで、協力者に仕立ててるんだろうな」

「強制送還されたくない奴らは、スパイになるでしょう。しかし、その程度のことは致命的な弱みにはなりませんよ」

「そうだな」

「半分冗談ですが、外事二課は中国や北朝鮮の工作員を二重スパイにしてるだけじゃなく、そいつらに本国から極上の覚醒剤《シャブ》を密輸させてるのかもしれません。麻薬密売で荒稼ぎして、その金でスパイを増やしてるんじゃないのかな」

「公安部の年間予算はこの五、六年変わってない。そうした汚い手で、捜査活動費を密かに増やしてるのかもしれないぞ。とにかく、荒垣と品田に張りついてみようや」

「そうしましょう」

尾津は自席に歩《ほ》を進めた。

4

午後八時を回った。

尾津たちコンビは、赤坂の田町《たまち》通りの暗がりに駐《と》めた覆面パトカーの中にいた。通りの両側には、飲食店ビルが連《つら》なっている。クラブ『ワールド』は、数十メートル先の飲食店ビルの七階にあった。

「おれたちは別々に『ワールド』に入って、さりげなくホステスや黒服の男たちから情報を集める。白戸、いいな？」

「了解、あまり酒は飲まないほうがいいんだよね？」

「ああ、そうしてくれ。おまえもおれも酒には強いほうだが、覆面《メン》パトで品田を尾行することになるかもしれないからな。飲酒運転は本家の大久保係長が揉み消してくれるはずだが、アルコールは反射神経を間違いなく鈍《にぶ》らせるから」

「ビールか、スコッチの水割りにしておくよ」

「そうしたほうがいいな。おれも、どっちかにする」

「尾津さん、店内に大使館員や外国人特派員がいたら、聞き込みをしてもいいんじゃないの？」

「いや、それはまずい。怪しまれやすいからな。店の従業員たちに探りを入れるだけにしろ」

「わかったよ」

白戸が口を閉じた。

それから間もなく、能塚室長から尾津に電話がかかってきた。

「少し前に大久保ちゃんから電話があったんだが、白戸が村中の部屋から無断で持ち出した札束には八人の指紋《モン》が付着してたようだ。村中と経済やくざの土門の指掌紋は出たらしいが、四年前に死んだ稲葉の指紋は付着してなかったという話だったよ。それから、ブラックジャーナリストの長谷部の指紋もな」

「そうですか。『乃木坂ヒルズ』の二一〇五号室にあった金は、村中と土門が恐喝《カツアゲ》で得たんでしょう」

「ああ、そうなんだろう」

「大久保係長は、その後、長野県警から何か新情報を得たんですか?」

「いや、特に手がかりは得られなかったようだ。所轄署に安置された遺体と対面した被害者の血縁者たちに県警は総当たりしたそうだが、新事実は出てこなかったらしい。長野県警よりも先に村中殺しの犯人《タマ》を検挙《アゲ》ないとな。稲葉殺しとリンクしてるにちがいないから」

「ええ、繋《つな》がりはあるんでしょう。室長、荒垣の動きはどうです?」

「職場を出た荒垣はタクシーでレインボーブリッジの上で、中国問題に精しいフリージャーナリストの富永謙一郎《とみながけんいちろう》と接触したんだ。富永のことは知ってるな?」

「テレビのコメンテーターとして活躍してるんで、よく知ってますよ。富永は日本の私大を出ると、北京大学に留学してからフリーのジャーナリストになったんですよね。確か四十八だったな」

「そう。富永の留学時代の友人たちが中国共産党や人民解放軍の幹部になってるんだ。多分、荒垣は富永から日本に潜入してる工作員たちの情報を入手してるんだろう。現在、日本には約六十九万人の中国人が住んでる。民間人に化けたスパイはたくさんいるはずだよ」

「そうでしょうね。荒垣は、そうしたスパイを見つけ出して威《おど》しをかけてるんだろうな。まだ荒垣は、富永と接触中なんですか？」

尾津は訊いた。

「いや、荒垣は橋の上で十分ほど立ち話をして、待たせてあるタクシーに乗り込んだ。別れ際《ぎわ》に富永からUSBメモリーと思われる物を受け取ったんだよ。おそらくメモリーには、日本に潜り込んでる中国人スパイに関する情報が入ってるんだろう」

「その後、荒垣はどうしたんです？」

「タクシーで新宿に回って、いまは西武新宿駅の近くにある高級上海料理店で劉虎淳《リウフーチユン》という男と会食中だ」

「何者なんです、劉《リウ》という中国人は？」

「歌舞伎町を根城にしてる上海グループのナンバー2だよ。大久保ちゃんに調べてもらったんだが、劉《リウ》は日本であらゆる闇ビジネスをしてるだけじゃない。この国で成功した同胞を次々に誘拐して、巨額の身代金をせしめてるようだ。同じ中国人をひどい目に遭《あ》わせてる極悪人なら、荒垣に多額の謝礼を貰えば、潜入中の中国人情報員を平気で半殺しにするだろう」

「荒垣は上海マフィアを使って中国人スパイをとことん痛めつけさせ、工作員であることを吐かせてるんだろうか。そして、その連中を二重スパイにして、協力者を増やしてるんですかね？」

「そうなんだろう。そうしたことは昔からやってたと思われるな。村中はそれを脅迫材料にして、稲葉と組んで公安部から多額の口止め料を脅し取ってたんだろう。それから、品田課長補佐も似たようなことをしてたんじゃないか。村中と稲葉は、品田がアンフェアな手を使ってることも知ってた」

「外事警察が汚い手を使ってたことが公《おおやけ》になったら、大変なことになりますよね」

「ああ。それだから、公安部は稲葉たち二人に金を払いつづけてた。しかし、初代組長は欲を出して途方もない巨額を要求した。さすがに堪忍袋の緒が切れて、公安部は先に稲葉を片づけた。そして、村中も葬った。おれは、そう筋を読んでる」

「辻褄《つじつま》は合ってるんですが、村中は稲葉が殺されてから四年も経《た》って始末されました。間《あいだ》が空きすぎてるとは思いませんか？」

「確かに、そうだな」

「おれは、そのことがどうしても釈然としないんですよ」

「村中も殺される少し前に、数億円の口止め料を要求したんだろう。そう考えれば、腑に落ちるんじゃないのか」

「うーん」

「とにかく、荒垣と品田をマークしつづけようや。品田は『ワールド』にいるのか？」

「いいえ、まだ本部庁舎に居残ってるんでしょう。これから白戸と別々に店に入って、ホステスや黒服たちから情報を集めてみます」

「何か有力な手がかりを得たら、すぐ報告をしてくれ」

能塚の声が途切れた。尾津は携帯電話を懐に戻し、室長との遣《や》り取《と》りを白戸に伝えた。

「室長の筋読み通りなのかな？　尾津さんが電話で喋ってたように、稲葉と村中が始末された時期に引っかかるよね？　公安部長あたりが稲葉と村中の二人に強請《ゆ》られてたんだったら、脅迫者たちはほぼ同時期に殺られそうだがな」

「そうなんだよ」

「荒垣と品田をマークしてれば、謎を解く手がかりが摑めるかもね」

白戸が呟いた。

「そうだといいがな」

「尾津さん、そろそろ『ワールド』に入ってもいいんじゃない？　頃合を計って、後からおれも店に行くよ」

「そうしてくれ」

尾津はスカイラインの助手席から出て、ガードレールを跨《また》いだ。

歩きだして間もなく、なぜか常盤佐世のことを思い出した。彼女は好条件な仕事にありつけるだろうか。時給の安い仕事では、ひとり息子を女手ひとつでは育てられないのではないか。

佐世は、また別の売春クラブで働かざるを得なくなりそうだ。しかし、もう三十代だ。『エンジェルハウス』にいたころのように高収入は得られないだろう。稲葉に母子ともども棄《す》てられた佐世を気の毒に思う。

だが、誠意のない男にのめり込んだ彼女も愚かだ。本人は諦《あきら》めもつくだろうが、生まれた子供は不幸だろう。稲葉も佐世も罪なことをしたものだ。

尾津は感傷を追い払って、足を速めた。

目的の飲食店ビルに入り、エレベーターで七階に上がる。『ワールド』はエレベーターホールの近くにあった。

ドアは真っ黒で、店名は金文字だった。尾津は店内に足を踏み入れた。長い通路があり、その先にフロアがあった。

　奥から黒服の若い男が現われた。

「いらっしゃいませ。おひとりさまでございますね？」

「そうなんだ。ここは会員制のクラブなのかな？」

「建前はメンバーズになっておりますが、どなたさまも大歓迎でございます。その筋の方にはご遠慮いただいておりますが……」

「こっちは一応、ベンチャー関係の会社を経営してるんだ。企業舎弟《フロント》じゃないから、安心してくれ。勘定は現金で払うよ」

　尾津は笑顔で言った。二十七、八歳の黒服が案内に立った。

　右手にカウンターがある。バーテンダーは銀髪の男だった。左手にボックスシートが十幾つ見える。客は三組しかいなかった。まだ時刻が早いからだろう。

　二組は白人男性だった。スラブ系の顔立ちに見える三人連れは五人のホステスに囲まれていた。ロシアの国営通信社の特派員か。

　二人連れの栗毛の男たちは英語で喋っている。外資系の投資顧問会社の社員だろうか。どちらも仕立てのよさそうな背広に身を包み、スイス製の超高級腕時計を嵌めている。

　日本人の三人連れは、大手企業の役員と取引先の幹部社員に見えた。隅のソファには、十数人の美人ホステスが待機している。いずれも若かった。プロポーションもよさそうだ。

尾津は、カウンターに近い席に導かれた。ゆったりとしたソファで、坐り心地は申し分ない。

「初めてでらっしゃるわけですから、女性のご指名はございませんね？」

「できたら、明るい性格の娘《こ》をつけてほしいな」

「わかりました。ホステスを二人侍《はべ》らせてもかまいませんでしょうか？」

「いや、女の子はひとりにしてくれないか。複数だと、こっちが気を遣ったりして、寛《くつろ》げないからな」

「わかりました。お飲みものは何になさいますか？」

「スコッチのハーフボトルを届けてくれないか。オードブルは、適当に見繕《みつくろ》ってよ。ホステスさんのために、フルーツの盛り合わせも頼むかな」

「かしこまりました。少々、お待ちください」

黒服の男が下がった。

尾津はセブンスターをくわえた。紫煙をくゆらせていると、黒服の男がホステスを伴って戻ってきた。

「美香《みか》さんです」

「坐ってよ」

尾津は煙草の火を消し、かたわらのシートに視線を投げた。二十三、四歳の美香は、ハーフっぽい顔立ちだ。背が高い。百七十センチはあるのではないか。黒服が遠ざかった。

「美香です。失礼します」

「きみに会いに来たんだ。会えて嬉しいよ」

尾津は、横に坐った美香に言った。

「お客さまは遊び馴《な》れていらっしゃるんですね。初対面のホステスに軽口は……」

「失礼だったかな？」

「いいえ。緊張されてるお客さまだと、わたしたちもリラックスできないんですよ。でも、お客さまのようにくだけた方ですと、とても楽ですね」

「そう」

「お名刺をいただけます？」

「あいにく持ち合わせていないんだ。中村《なかむら》というんだよ。よろしく！」

「こちらこそ、どうかよろしくお願いします。今夜、初めて見えられたんですよね？」

「そうなんだ。学生時代の先輩がこの店によく通ってると言ってたんで、一度、来てみようと思ってたんだよ。その先輩は商社マンで、役者みたいにマスクがいいんだ」

「というと、『五井《ごい》物産』の品川陽次さんのことでしょうね」

「当たり！　先輩は店の女性たちに好かれてるんだろうな」

「ええ、そうですね。でも、品川さんは万梨恵《まりえ》さん目当てで、この店に通ってるんですよ。万梨恵さんも、品川さんのことは単なるお客さんとは思ってないんじゃないかしら？」

「つまり、二人は惚れ合ってる？」

「そうなんだと思います」

「その万梨恵さんは、どこにいるんだい？」

「日本人のお客さんのテーブルについて、銀ラメのドレスを着ているのが万梨恵さんです。綺麗でしょ？」

美香が小声で言った。

「確かに造作は整ってるが、目が少しきついな。おれの好みじゃない。きみのほうがずっとチャーミングだよ」

「お上手なんだから」

「お世辞じゃないんだ」

「本気にしちゃいますよ?」

「おれは、お世辞なんか言えない男だよ」

尾津は美香の耳許で囁いて、こころもち上体を反らせた。ボーイが酒とオードブルを運んできたからだ。

オードブルの皿には、イベリコ豚の生ハム、スモークド・サーモン、キャビア・カナッペ、チーズが形よく盛られていた。

「フルーツの盛り合わせも、すぐにお持ちします」

ボーイが言った。

「美香さんに何か好きな飲みものを……」

「承知しました」

「それじゃ、何かカクテルをいただくわ。クォーター・デックにして」

美香がボーイに言った。ホワイト・ラムとドライ・シェリーにライム・ジュースを加えてステアしたカクテルで、アルコール度は二十五度だ。

ボーイがいったん下がった。美香が手早くスコッチの水割りを作った。尾津はカクテルが届いてから、グラスを手に取った。

「お客さんは優しいんですね。先にグラスに口をつける方が多いのに」

「美香さんに一目惚れしちゃったんで、嫌われたくないんだよ」

「女馴れしてらっしゃるのね。うふふ」

美香がカクテルグラスを持ち上げた。二人は軽くグラスを触れ合わせて、思い思いにグラスを傾けた。

卓上には、フルーツの盛り合わせも載っていた。マスクメロンを取り囲むようにマンゴー、パパイヤ、巨峰、オレンジ、黄桃が並べられている。軽く二万円は取られるだろう。

しかし、捜査費に制限はなかった。

「オードブルやフルーツも遠慮なく喰ってくれよ」

「ありがとうございます」

「品川先輩は、万梨恵さんにぞっこんなんだろうな」

「そうなんだと思います。万梨恵さんの売上にすごく協力して、見えるたびにドンペリを二、三本抜かせてますから。いつもはピンクですけど、時々はゴールドを……」

「『五井物産』あたりは接待費をふんだんに遣えるんだろうが、ドンペリのゴールドとなると、百万円近い値段じゃないの？」

「ええ、そうですね。それだけ、品川さんは万梨恵さんに夢中なんでしょう。そのうち奥さんと離婚して、万梨恵さんと再婚する気なのかもしれませんよ」

「妻子を棄ててまで一緒になりたいと思われたら、万梨恵さんも悪い気がしないだろうな。彼女、独身なんだろ？」

「ええ。品川さんにプロポーズされたら、受けるでしょうね。万梨恵さんは若く見えるけど、もう二十九なんですよ」

「そうなのか。若く見えるな」

「ええ、そうですね。わたしは結婚してるお客さんとは恋愛できません」

「不倫はよくないと思ってるわけか？」

「そうなんですよ。わたしの父に浮気癖があって、さんざん母を泣かせてきたんです。だから、わたしはどんなに素敵な男性でも既婚者には近寄らないことにしてるの」

　美香が言って、クォーター・デックを一気に呷《あお》った。幼いころから両親の不仲ぶりをさんざん見せられた辛い思い出が脳裏に蘇《よみがえ》ったのだろう。

「カクテル、お代わりしなよ」

「はい、いただきます」

「おれは独身だから、美香さんと恋愛する資格はあるわけだ」

「本当に独身なんですか？」

「嘘じゃないよ。でも、もう彼氏がいるんだろうな」

「一年数ヵ月前までは恋人がいました。でも、その彼は根拠のない自信を持ってて、無能な上司の下では働けないとか言って、半年ごとに転職を繰り返してたの」

「若いときは、自分は特別な人間だと錯覚しやすいんだ。三十代になれば、自分はただの凡人だと気づかされるんだがね」

「うぬぼれが強いだけなら、我慢はできたんです。だけど、別れた男は働く気がなくなって、わたしの収入を当てにするようになったんですよ」

「ヒモみたいな奴じゃ、見込みはないな」

「わたしもそう思ったんで、きっぱりと別れたんです」

「あっさり別れてくれたのかい？」

「未練があるとか言いだしたんで、わたしの従兄《いとこ》はある組の幹部なんだと作り話をしたんですよ。そしたら、すぐに住んでたワンルームマンションから消えました」

「そういうことなら、美香さんに積極的にアタックするか」

「ええ、口説いてください。お客さんは、好みのタイプなんです。上手に口説かれたら、わたし……」

「よし、酔わせちゃおう。もっと強いカクテルをどんどん飲んでくれよ」

「ええ、いただきます」

美香がマッチを擦《す》って、炎を高く翳《かざ》した。
ボーイが急ぎ足でやってくる。尾津は一気にグラスを空けた。

第五章　隠された殺意

1

　グラスの底で氷塊《ひょうかい》が鳴った。

　尾津は三杯目の水割りを空けた。美香がスコッチ・ウイスキーのハーフボトルを持ち上げる。

　彼女は、ブルックリンという名のカクテルを半分ほど飲んでいた。ライ・ウイスキーをベースにした辛口で、アルコール度数は三十度だ。

　いつの間にか、客席は六割ほど埋まっていた。そろそろ白戸がやってくるだろう。

　そう思ったとき、店のカウンター近くで黒服の男と白戸が押し問答している姿が視界に入った。どうやら白戸は暴力団関係者と思われ、入店を断られかけているらしい。銀髪のバーテンダーが黒服の男を手招きし、何か耳打ちした。

黒服の男は安堵《あんど》した表情になり、白戸を空いている席に案内した。ベテランのバーテンダーは、白戸が組員でないと職業的な勘でわかったのだろう。

四杯目の水割りが尾津の前に置かれた。

「ありがとう。きみももっと飲めよ。仕事は何時に終わるんだい？」

「十一時半です」

「今夜は、もうアフターの予定が入ってるのかな？」

「馴染みのお客さんが後で見えることになってるんですよ。閉店になったら、お鮨をご馳走になることになってるんです。すみません。次に見えられたとき、ぜひアフターに誘ってください。わたし、中村さんのことをもっと知りたいと思ってるんです」

「リップ・サービスじゃないのかい？」

「いいえ、本当にそう思ってます」

「なら、次は何か夜食を奢《おご》るよ。それはそうと、この店は外国人の客が多いようだね？」

尾津は探《さぐ》りを入れた。

「日によっては、各国の大使館員、特派員、パイロットなんかで半分ぐらい席が埋まってしまうんです」

「そういうグローバルな店なら、外国人ホステスさんもいそうだな」

「いいえ、全員が日本人です」

「そうなのか。品川先輩は店で顔を合わせた外国人に積極的に近づいて、それぞれの国のビジネスマンを紹介してもらってるんだろうな」

「品川さんは顔見知りの外国の方たちに会釈《えしゃく》する程度で、もっぱら万梨恵さんと談笑してるんです」

「そう。今夜あたり、先輩は店に来るんだろうか」

「更衣室で万梨恵さんと一緒になったんですけど、品川さん、今夜は来店されないようなことを言ってましたよ。深夜、どこかでデートすることになってるんじゃないのかな」

「その後、先輩は万梨恵さんのマンションに行くんだろうか」

「万梨恵さんは天現寺《てんげんじ》のマンションに住んでるんですけど、1DKらしいの。自宅が狭いんで、多分、二人はホテルで甘い一刻《ひととき》を過ごしてるんじゃないかしら？」

美香は言うと、マンゴーにフォークを刺して尾津の口に近づけた。

「きみが食べてくれよ。ちょっとトイレに行ってくる」

「なら、ご案内します」

「いいよ、わかると思うから」

尾津はゆっくりと立ち上がり、白戸に合図した。白戸が小さくうなずく。

尾津は手洗いに向かった。

トイレは無人だった。用を足していると、白戸がやってきた。

「対象者《マルタイ》は『五井物産』の品川陽次という社員と称して『ワールド』に通い、万梨恵というホステスをいつも指名してるらしい」

「そう。店に品田はいなかったな。今夜は来ないのかもしれないね」

「白戸、万梨恵を指名してくれないか。おれの席についた美香というホステスの話によると、店の女の子はすべて日本人だということだったが、そうなのかどうなのか確かめてほしいんだ」

「了解！」

「おれは十数分後には店を出る」

尾津は小便器から離れ、手を洗った。白戸がスカイラインの鍵《キー》を差し出す。尾津は覆面パトカーのキーを受け取った。

「ついでに小便してから、ゆっくりとフロアに戻るよ」

「そうしてくれ。白戸、さっきはヤー公と思われたんだろ？」

「そうなんだよ。バーテンダーのおっさんが堅気と判断したようで、黒服の男は入店を認めてくれたけどね」

白戸が苦笑して、小便器に足を向けた。

尾津は手洗いを出た。すると、前方から案内に立った黒服の男がやってきた。

「美香さんでご満足いただけましたでしょうか?」

「明るい性格の娘《こ》なんで、愉《たの》しく飲んでるよ」

「それはよかったです」

「そうだ、万梨恵ってホステスさんは銀座の『エトワール』ってクラブにいた娘じゃない? 本名は柿沼《かきぬま》みずきだったかな」

尾津は鎌をかけた。

「いいえ、万梨恵さんは銀座では働いてないはずです。本名は木下梨華《きのしたりか》ですんで、別人だと思います」

「横顔がよく似てたが、柿沼みずきじゃないんだろうな。万梨恵さんの出身地はどこなの?」

「広島です」

「それじゃ、別人だな。柿沼みずきは神奈川育ちだったから」

「ごゆっくり……」

黒服の男は一礼すると、急ぎ足でトイレに駆け込んだ。尿意を堪《こら》えていたのだろう。

尾津は自分の席に戻った。

美香とグラスを傾けながら、雑談を交わす。彼女の馴染みの男が店に姿を見せたのは、十数分後だった。

それを汐《しお》に、尾津は『ワールド』を出た。勘定は七万数千円だった。思っていたよりも安かったのは、侍《はべ》ったホステスがひとりだったからだろう。

美香は飲食店ビルの一階まで見送ってくれた。

「中村さん、またお会いできますよね？」

「きみをアフターに誘った男と親密でないなら、必ず来るよ」

「わたしたち、変な関係じゃありませんよ。お孫さんもいる方ですから、色気抜きのつき合いなんです」

「それなら、せっせと店に通うか」

尾津は美香に手を振って、赤坂見附駅方向に歩きだした。覆面パトカーを駐《と》めた場所とは逆方面だった。

尾津は七、八十メートル先で、Uターンした。もう美香の姿は見当たらなかった。スカイラインの運転席に入る。

能塚室長から電話があったのは、十時半過ぎだった。

「荒垣圭吾は高級上海料理店を出ると、劉虎淳《リウフーチユン》と一緒に風林《ふうりん》会館の近くにある上海クラブに行ったんだよ。それでな、チャイナドレス姿のホステスを連れ出してホテルにしけ込もうとしたんだ。その姿を勝又にスマートフォンで動画撮影させて、荒垣を呼び止めたんだ」

「室長と荒垣は顔見知りだったんでしょ？」

「そうなんだ。だから、荒垣はおれの顔を見た瞬間、みるみる蒼《あお》ざめたよ」

「そうでしょうね」

「おれたちはチャイナドレスの女を店に戻らせ、荒垣を近くのレンタルルームに連れ込んだんだ。そしてな、懲戒免職になりたくなかったら、質問に正直に答えろと言ってやったんだよ」

「で、どうだったんです？」

「レインボーブリッジの上で荒垣が富永から受け取ったのは、やっぱりUSBメモリーだったよ。メモリーには、日本に潜り込んでる中国人工作員たちの情報が保存されてた。荒垣は六、七年前から中国通のジャーナリスト、旅行会社のガイド、在日中国人事業家などから潜入スパイのことを聞き出し、劉《リウ》のグループに工作員たちを拉致《らち》させて拷問にかけてたらしい。生爪《なまづめ》を剝ぐのは序の口で、ニッパーで手の指を切断し、最後は性器に強力な電流を流すような責め方だったそうだ」

「そこまでやられたら、日本で暗躍してた中国の情報員たちは祖国の軍事情報や北朝鮮との関係も喋らざるを得なくなるでしょうね」

「全員が拷問に耐えられなくなって、逆スパイになったらしい。公安部の裏金の中から上海グループに謝礼が払われたと睨んでたんだが、劉《リウ》は金はまったく受け取らなかったそうだ。それどころか、上海グループのボスはたびたび荒垣にセクシーな中国人女性を提供してくれてたんだってさ」

「劉《リウ》は日本の警察に恩を売っといて損はないと判断して、出血サービスしてたんだろうな」

「そうなんだろう」

「荒垣はそうした違法の数々を村中記者に知られて、五年ぐらい前から口止め料を払わされてたんでしょうね。おそらく稲葉にも恐喝されてたんだろうな」

「そうだったらしい。荒垣は自分の暴走行為を直属の課長や公安部長に知られることを恐れてたんで、警察の裏金をくすねて村中と稲葉に数百万円ずつ渡してたそうだ。公安部の裏金は五、六カ所に分散してあるらしいんだが、荒垣の部下が管理を一任されてたんだってさ」

「荒垣は部下から巧みに保管場所を聞き出して、こっそり金を盗んでたのか」

「そうらしい。いつバレるか、毎日、びくびくしてたそうだよ。悪運が強いのか、きょうまで裏金を抜き取ってることは発覚しなかったようだ」

「それで、荒垣が二つの殺人事件に関与してる疑いはどうだったんです?」

尾津は問いかけた。

「荒垣は自分はシロだと主張している。第三者に稲葉や村中を殺させてもいないと繰り返し、自分のアリバイを調べてほしいと涙声で訴えたよ」

「荒垣の供述を信じてもいいんですかね」

「おれの心証では、荒垣はシロだな。勝又はちょっと怪しんでる様子だけどさ」

「荒垣をどうする気なんです?」

「そのことで大久保ちゃんと話し合ったんだよ、尾津に電話をかける前にな。荒垣の暴走行為をいますぐ告発したら、公安部が裏金のことを隠蔽しようと、二係の継続事案の捜査を妨害する恐れがあるよな?」

「そうですね」

「だからさ、荒垣の告発を少し先に延ばしたほうがいいだろうってことになったんだ」

「そのほうがいいでしょうね」

「そんなことで、さっき荒垣を帰宅させたんだよ」

「そうですか。荒垣は品田課長補佐の動きを五年も前から村中が探ってたことに気づいてたんですかね？」

「それとなく探りを入れたんだが、荒垣は何も知らないようだったな。ただ、色男の品田は中国、北朝鮮の女スパイを見つけることに長《た》けてると言ってたよ。尾津、『ワールド』で何かわかったのか？」

能塚が訊いた。尾津は経過をつぶさに伝えた。

「美香というホステスが嘘をついてないとしたら、『ワールド』で仮想敵国の女工作員は働いてないんだろう。しかし、品田は外国人の客たちに積極的に接近してないという話だったよな？」

「ええ」

「単に万梨恵という源氏名を使ってる木下梨華にのぼせて、『ワールド』に通い詰めてるとも思えないが……」

「そうですね。白戸に万梨恵を指名しろと言っておきましたんで、何か新しい手がかりを摑んでくれるかもしれません」

「そいつを期待するか。おれと勝又は分室に戻るが、すぐには帰宅しないから、支援が必要なときは連絡してくれ」

室長が電話を切った。

尾津はモバイルフォンを上着の内ポケットに突っ込むと、煙草に火を点けた。

荒垣は、このまま事が済むとは考えていないはずだ。高飛びするかもしれない。できるだけ早く二つの殺人事件を解決させなければならなかった。尾津は焦燥《しょうそう》感を覚えた。

白戸が外に出てきたのは、十一時数分前だった。尾津は運転席から出て、助手席に移った。白戸が車内に入る。

「万梨恵を指名したか？」

「ああ。売れっ子みたいで、何本も指名が入ってたけど、三十分ぐらいテーブルについてくれたよ。目にやや険《けん》があるけど、色白の美人だね」

「店の黒服から聞き出したんだが、万梨恵の本名は木下梨華で、二十九歳らしい。広島出身だそうだ」

「広島育ちだから、ちょっと標準語とイントネーションが違ってたのかな」

「言葉のアクセントがおかしかった？」

「うん、少し訛《なま》ってたんだ。それからさ、濁音《だくおん》の発音が苦手らしくて、喋る前にちょっと間《ま》を取ってたんだよ」

「万梨恵は日本人なんだろうか」

「えっ、どういうこと!?　もしかしたら、中国人か北朝鮮出身なのかもしれないのか」

「おれについた美香って娘《こ》は、店のホステスはすべて日本人だと言ってたが……」

「外事二課の品田が万梨恵に会いに足繁く通ってるということを考えるとさ、仮想敵国から送り込まれた女工作員の可能性もありそうだな」

「そう疑えないこともない」

「万梨恵が表に出てきたら、尾《つ》けてみようよ」

「ああ、そうしよう。さっき能塚さんから電話があって、荒垣圭吾を追い込んだって聞いたんだ」

尾津はそう前置きして、詳しいことを喋った。

「荒垣の供述通りなら、二つの殺人事件にはタッチしてないと思うよ。それにしても、荒垣は図太いね。公安部の裏金をかっぱらって、村中と稲葉に渡してたなんてさ」

「図太いというよりも、苦し紛れに裏金を抜いたんだろう。内部の誰かが金をくすねてたとしても、そのことを事件化するわけにはいかない。着服が発覚しても、荒垣は自分が刑事告訴されることはないと思ったんだろう」

「それは間違いないよ。でも、裏金をくすねてたことがバレたら、荒垣は職場にはいられなくなるな。室長と大久保係長は荒垣の告発を先送りにしたって話だけど、荒垣は人事一課監察室が動く前に依願退職するんじゃないの？　あるいは、逃亡を図るかもしれないね」

「そうだな。あんまり長く荒垣をほっとかないほうがいいだろう」

「そう思うね。荒垣は品田課長補佐が村中に何で尻尾《しっぽ》を握られてたか知らなかったわけか。となると、おれたちが品田の弱みを調べ上げるほかないな」

白戸が口を閉じ、スカイラインを少し前進させた。すぐにライトを消し、エンジンを切る。

十一時二十分ごろ、『ワールド』の客たちがホステスに見送られて続々と表に出てきた。美香を指名した六十年配の男は、みすじ通りに向かって歩きだした。近くに行きつけの鮨屋があるようだ。

『ワールド』のホステスが飲食店ビルから次々に出てきたのは、十一時四十分ごろだった。その多くが最寄りの地下鉄駅に向かった。

万梨恵が姿を見せたのは、十一時五十分過ぎだった。外堀《そとぼり》通りに向かって歩きだした。

白戸が覆面パトカーのエンジンを始動させ、低速で万梨恵を追尾しはじめた。

万梨恵は外堀通りに出ると、タクシーを拾った。

　尾津たちコンビは、万梨恵を乗せたタクシーを追跡した。マークした車は二十四、五分走り、御徒町《おかちまち》駅と上野駅のほぼ中間に位置するキムチ横丁で停まった。

　横丁の両側には、韓国料理店、食材店、韓国物産店、ホルモン専門店などが二十数軒並んでいる。タクシーを降りた万梨恵は、キムチ専門店脇の路地に入っていった。

　白戸が車を路肩《ろかた》に寄せた。尾津は助手席から出て、万梨恵の後を追った。

　万梨恵はホルモン焼きの店に吸い込まれた。このあたり一帯は、コリアンタウンだ。日本人の客は、ほとんどいないようだった。尾津は店の中をうかがった。

　万梨恵は数人の客と短い言葉を交わし、ほどなく出入口に向かってきた。尾津はホルモン焼きの店から離れ、スカイラインに駆け戻った。

「対象者《マルタイ》はホルモン焼きの店に入って数人の客と短い言葉を交わし、すぐ外に出てくる様子だったよ」

「尾津さん、万梨恵は韓国人じゃない？」

「そうかもしれないし、脱北者を装って日本に潜り込んだ独裁国家の女スパイとも考えられるな」

「色男の品田は万梨恵にうまく接近して、ダブルスパイに仕立てたのかもしれないね」

「とにかく、万梨恵を尾けつづけよう」

尾津は言った。

路地から出てきた万梨恵は昭和通りまで歩き、ふたたびタクシーを捕まえた。尾津たちは、タクシーを追った。

タクシーが横づけされたのは、浅草《あさくさ》の国際通りに面した有名なホテルだった。

尾津は先にスカイラインを降りた。ホテルのエントランスロビーを抜けた万梨恵は、一階の奥にあるバーに入っていった。

尾津は変装用の黒縁眼鏡をかけ、ホテルのバーに足を踏み入れた。人を捜す振りをして、視線を巡らせる。

万梨恵は奥のテーブル席で、品田陽次と向かい合っていた。二人は、このホテルに泊まるつもりなのだろう。

尾津はバーを出て、ロビーに引き返した。

そのとき、白戸がロビーに駆け込んできた。

尾津は白戸に歩み寄って、奥のバーに品田と万梨恵がいることを教えた。

「二人は、ここに泊まる気だな。フロントで身分を明かして、品田が予約した部屋を聞き出そうよ。それで、ナニしはじめたころにホテルマンに化けて……」

「部屋に押し入るのは賢明じゃないな。相手は公安刑事と北の女スパイかもしれないんだ。すんなり口を割るはずない」

「尾津さんの言う通りだろうな。何かいい手を考えないとね」

「品田たちが泊まる部屋の隣室が空いてたら、そこに入れてもらおう。それで、録音レコーダー付きの盗聴マイクを仕切り壁に押し当てて、二人の会話を収録しようや。白戸、〝コンクリートマイク〟はグローブボックスに入ってたな?」

「入ってるよ。おれ、取ってくる」

白戸がホテルの玄関口に向かった。尾津はフロントに進んで身分を明かし、捜査に協力を求めた。

外事二課の課長補佐は品川という偽名で、八〇一号室を予約していた。フロントマンの話によると、品田と万梨恵は二年近く前から月に三、四回投宿しているらしい。

「八〇二号室は空いてますか?」

「はい」

「こちらに迷惑はかけませんから、八〇二号室に入ることを許可してもらえませんか。品川が凶悪事件に関与してる疑いがあるんですよ。連れの女性を弾除《たまよ》けにする恐れもありますんで、数時間、八〇一号室を監視する必要があるんです」

「わかりました。これが八〇二号室のカードキーです」

四十代のフロントマンが言った。尾津はカードキーを受け取って、フロントを離れた。

少し待つと、白戸が戻ってきた。尾津たちは八階に上がり、八〇二号室に入った。ツインルームだった。とうに日付は変わっていた。

隣のドアが開閉したのは、午前一時ごろだった。

尾津は、白戸から渡された〝コンクリートマイク〟の吸盤型高性能マイクを仕切り壁に押し当てた。イヤフォンから八〇一号室の会話や足音がはっきりと耳に届いた。

品田と万梨恵はディープ・キスを交わすと、別々にシャワーを浴びた。品田が先だった。万梨恵が軍事情報を洩らすことはなかった。品田も公安刑事らしい質問はしなかった。

万梨恵が浴室を出て間もなく、二人はベッドの上で狂おしげに肌を求め合った。尾津はレコーダーの録音スイッチを入れた。

ほどなく品田は万梨恵の股の間にうずくまり、秘めやかな部分に舌を当てはじめたようだ。湿った音が響き、舌の鳴る音がする。

万梨恵の喘《あえ》ぎは、なまめかしい呻き声に変わった。品田が感じやすい肉の芽を情熱的に愛撫しはじめたらしい。

「いい、とってもいいわ。ポジが悦《よろこ》んでる」

万梨恵が上擦《うわず》った声で口走った。ポジとは女性器のことで、朝鮮半島全域で使われている卑語だ。

そのことだけで、万梨恵が独裁国家の工作員と断定することはできない。しかし、脱北者になりすましたスパイが韓国経由で日本に潜り込んだ事例がある。そうした者は転向を強く印象づけるためか、ことさら韓国人と親交を深める傾向があるらしい。

そうしたことを考えると、万梨恵は北の工作員と思われる。盗聴を続行する。万梨恵が極みに達し、二人は口唇愛撫を施し合った。ほどなく、ふたたび万梨恵はエクスタシーに達した。

小休止を挟み、二人は体を繋《つな》ぎ合った。

「琴姫《クンヒ》、腰をくねらせてくれ」

品田が言って、律動《りつどう》を速めはじめた。ベッドマットは弾み通しだった。

尾津はイヤフォンを外した。

2

分室の中で唸り声がした。

能塚の声だった。尾津はアジトの扉を引き手繰《たぐ》った。浅草のホテルで品田たち二人の情事の音声を収録した翌朝である。九時数分過ぎだった。

能塚室長は自席について、頭髪を掻《か》き毟《むし》っていた。勝又主任と白戸は、まだ登庁していない。

「どうしたんです？　何かあったんですか？」

尾津は室長のデスクに走り寄った。

「おれの判断ミスで、荒垣圭吾を死なせてしまった」

「荒垣が死んだ!?」

「ああ。荒垣は明け方に自宅をそっと抜け出して、私鉄の始発電車に飛び込んだんだよ」

「なんてことなんだ」

「荒垣はパジャマの上にフリースを羽織った姿で、踏切の近くに虚《うつ》ろな表情で突っ立ってたそうだ。通りかかった新聞配達の青年がバイクを一時停止させて荒垣に声をかけたそうなんだが、振り向きもしなかったらしい。じっとレールを見つめてたという話だった。荒垣はそれから十分も経《た》たないうちに、池袋《いけぶくろ》行きの上《のぼ》り電車に身を投げてしまったんだ。おれが荒垣を殺したようなもんだよ」

「室長、そんなに自分を責めなくてもいいんじゃないかな。荒垣の告発をもう少し先に延ばそうと決めたのは、大久保係長と相談の上のことだったんでしょ？」

「そうなんだが、荒垣を泳がせてなかったら、こんなことにはならなかったはずだ。荒垣は公安部の裏金をくすねてたことが表沙汰になったら、自分は失職し、警察のイメージダウンになると思いつめて死を選んだんだろう。すぐに荒垣の身柄《ガラ》を確保してれば、死なせずに済んだにちがいない。二つの殺人事件には絡んでないという心証を得たんで、つい油断してしまった。かわいそうなことをしたよ」

「能塚さんや大久保係長に非はありません。仮に荒垣を横領容疑で留置しても、おそらく命を絶《た》ったでしょう」

「そうだろうか」

「荒垣は生き恥を晒《さら》したくなかったんでしょうね。それから、公安部の裏金のことを隠し通したかったんでしょう。荒垣は裏金の管理を任されてる部下から隠し場所を聞き出したと言ったんでしたよね？」

「ああ、そう言ってたよ」

　能塚が答えた。

「おれたちゃ人事一課監察室がその部下を割り出そうとしても、ほとんど不可能でしょ？」

「だろうな。だいぶ昔に警察の裏金のことがマスコミや市民団体に叩かれて、全国の警察は反省したわけだが、それで裏金づくりがストップしたとは言えない」

「ええ、どこも裏金づくりは止めてないと思います。偉いさんが退職したり、異動になるときに餞別《せんべつ》を渡すという悪しき習慣を改めない限り……」

「裏金づくりを根絶やしにはできないだろうな。荒垣に裏金の保管場所を教えた部下が名乗り出ることは永久にないだろうし、そいつを割り出すのは絶望的だ。荒垣は自分の命と引き換えに裏金の件を隠蔽《いんぺい》する気だったのかもしれないな」

「そう思ってもいいでしょう。だから、室長や大久保係長が罪悪感を持つことはないんですよ」

「尾津がそう言ってくれたんで、ほんの少し気持ちが楽になったよ。荒垣は、どっちみち死ぬ気だったんだろう。気の毒だが、そう思うことにするよ」

「そうしてください」

「尾津、ありがとな」

「改まって、なんですか」

「おまえは、いい奴だな。おれは、いい部下を持ったよ」

「能塚さん、何か重い病気に罹《かか》ってしまったんですか。いつもの室長らしくないですよ」

「健康には別に問題ないよ。褒《ほ》められて照れる尾津も悪くないね」

「おれ、特に照れてないですよ。能塚さん、話題を変えましょう」

「また、好感度を上げやがったな。ところで、品田は浅草のホテルで万梨恵と密会したという報告だったが、何か手がかりを摑めたのか？」

「万梨恵は木下梨華と称してますが、どうやら日本人じゃないようです」

尾津は前夜の経過をつぶさに報告し、録音音声を再生させた。

「品田はなかなかのテクニシャンみたいだな。女は官能を煽《あお》られて、淫らな呻きをあげつづけてるじゃないか」

「そうですね。マスクもいいから、品田は女を蕩《とろ》かしてるんでしょう」

「ああ、そうなんだろう。あっ、女はポジという言葉を口にした。確かポジというのは、半島では女の大事なとこを指《さ》す単語じゃなかったかな。在日韓国人なんだろうか」

「その可能性も否定はできませんが、おれは北の女スパイと睨んでます。外事二課は、中国と北朝鮮を担当してますんで」

「そうだな。だいぶ前に日本に密入国して、木下梨華という日本人になりすまして暮らしてたんだろうか」

「おれは、脱北者を装って韓国に亡命してから、何らかの方法で日本に潜り込んだんではないかと推測してます」

「うん、そうなのかもしれないな」

「もう少し後《あと》で、品田は万梨恵を琴姫《クンヒ》と呼んでます」

「そうか」

能塚が耳をそばだてた。尾津は口を結び、情事の録音音声に聞き入った。ほどなく品田が琴姫《クンヒ》と呼びかけた。

「あっ、本当だ」

「もういいでしょう」

尾津はレコーダーの停止ボタンを押した。

「この録音音声を大久保ちゃんに聞かせて、直属の部下に木下梨華のことを調べてもらうよ。尾津、盗聴マイクは外してもいいな？」

「ええ」

「それじゃ……」

能塚が〝コンクリートマイク〟から吸盤型マイクの部分だけを外して、上着のポケットに突っ込んだ。

「すぐ本家に行くんですね？」

「ああ。勝又と白戸が来たら、おまえたち三人は待機しててほしいんだ」

「わかりました」

尾津はソファセットに歩み寄り、腰を下ろした。能塚が自席から立ち上がり、あたふたと分室から出ていった。

尾津は煙草をくわえた。

二口《ふたくち》ほど喫《す》うと、勝又主任がやってきた。

「尾津君、荒垣圭吾がきょうの明け方、自宅近くで鉄道自殺をしたんだよ。テレビのニュースで知って、ぼく、びっくりした」

「そのことは、登庁して能塚さんから聞きました。室長は、荒垣の身柄を押さえなかったことを悔やんでましたよ。荒垣はチャイナドレスの女とホテルにしけ込む前に能塚さんと勝又さんに声をかけられた時点で、もう死を覚悟してたんでしょう」

「そうなんだろうね。自分の人生はもう終わったと思っただろうし、公安部の裏金のことを秘密にしておきたかったんだと思うよ」

「ええ、そうなんでしょう」

「室長は？」

「大久保係長のとこに行きました」

尾津は短くなったセブンスターの火を消し、前夜のことを勝又主任に伝えた。

「万梨恵という源氏名で『ワールド』で働いてる女は、独裁国家の美人工作員臭いな」

「と思います。室長にも言ったんですが、おそらく脱北者に化けて韓国経由で日本に潜り込んで、木下梨華と名乗ってたんでしょう。日本語、文化、習慣についてはすでに祖国で学習してたんで、周囲の人たちには特に怪しまれなかったんだろうな。広島育ちと称してれば、標準語とイントネーションが違ってても不審がられることはないはずですから」

「そうだね。外事二課の品田課長補佐は北の女スパイの心と体を蕩かして、独裁国家のさまざまな情報を得てたんだろう」

「ええ、多分ね。どんなに洗脳されても、恋愛感情を完全に抑《おさ》え込むことはできません。品田は人間の弱点を巧妙に衝《つ》いて、相手を自分の虜《とりこ》にしてしまったんでしょう」

「そうして点数を上げたんで、品田はノンキャリアの出世頭になったんだろうね。どう頑張っても、一般警察官はキャリアを凌《しの》ぐことはできない」

「そうですね」

「数多くの女工作員を騙《だま》してまで上昇したいと思う野心がわからないな。ぼくには理解できないよ」

「厭味っぽく聞こえるかもしれませんが、勝又さんもある時期、よく昇進試験を受けてましたよね?」

「痛いとこを衝くな。確かにそうだったんだが、〝ももいろクローバーZ〟の健気さに心を揺さぶられたら、出世なんかどうでもよくなったんだ」

「そうですか」

「品田陽次も身の丈《たけ》に合った生き方をしてれば、女工作員を騙さなくてもよかったのにね。人生、気楽に生きなきゃ、愉《たの》しくないよ」

勝又はそう言い、自分のロッカーに歩み寄った。トレードマークの黒いリュックをロッカーに仕舞い終えたとき、白戸がのっそりと分室に入ってきた。

「尾津さん、荒垣が自宅近くで私鉄電車に飛び込んで死んだね」

「おまえは知ってたか。おれは寝坊したんで、テレビを観《み》ずに登庁したんだ。それで、能塚さんに荒垣のことを教えられたんだよ」

「そう。おれは、テレビのニュースで知ったんだ。室長は?」

「六階の本家に行ったよ。例の録音音声を能塚さんに聞かせたんだ」

「それで、能塚さんは大久保係長のとこに行ったわけか」

白戸が尾津と勝又を等分《とうぶん》に見た。尾津はうなずいた。

勝又が尾津の前のソファに坐った。白戸がワゴンに近づき、緑茶を淹《い》れた。

巨漢刑事はメンバーにぞんざいな口を利いているが、職階は最も低い。そのことをきちんと弁《わきま》えていて、雑用は率先して引き受けている。

「自称木下梨華の本名は、わかったの?」

勝又が尾津に問いかけてきた。

「姓はまだ判明してませんが、琴姫《クンヒ》は品田を本気で好きになって……」

「ダブルスパイになったのかな。そんな純情だろうか。品田がハンサムで女性の扱いが上手でも、甘い罠《わな》にやすやすと引っかかるかね?」

「琴姫《クンヒ》は品田に骨抜きにされた振りをしてるだけで、しっかり公安情報を集めて本国に報告してるんではないか。勝又さんは、そう思ってるようだな」

「独裁国家でスパイ教育を受けた者は、指導者を絶対視してるはずだよ。そう簡単に敵に抱き込まれないと思うな。工作員たちのハートは、鉄なんじゃないだろうか。女心をくすぐられて、性的な快感を与えられたとしても至上命令に背《そむ》くことはないんじゃない? ぼくは、そう思うな」

「しかし、人間の心は機械じゃないんです。情事のときに恥ずかしい卑語を口にした琴姫《クンヒ》は、身も心もすっかり品田の虜になった証拠でしょ?」

尾津は言った。

「それは、どうかな？　強《したた》かな女スパイなら、それぐらいの演技はしそうじゃないか」

「そうかな。恋愛感情は自分ではコントロールできないでしょ？　後になって、思い込みに過ぎなかったことに気づいても、相手に夢中になってる間は……」

「尾津君は、意外にロマンティストだったんだね。行きずりの相手とワンナイトラブを重ねてるようだから、女性の狡《ずる》さやしぶとさはわかってると思ってたけどな」

「おっしゃるように、女は男よりも逞しいですよね。そうした勁《つよ》さがあるから出産に耐えられ、子育てもできるんでしょう」

「そうだろうね」

「しかし、それはあくまでも一般論です。何事にも例外はあります。多分、琴姫《クンヒ》はハートまでは鉄のようには堅固ではなかったんじゃないだろうか。裏切り者という烙印《らくいん》を捺《お》されてもかまわないと開き直るまで、品田に惚れてしまったんじゃないのかな。スパイとしては失格ですが、女としては充実感を味わってるんじゃないですか？」

「そうなのかな」

勝又が言葉を切って、三人分の茶をコーヒーテーブルに置いた白戸を見上げた。

「きみはどう思う？　琴姫《クンヒ》という女が本気で外事二課の課長補佐にのめり込んでしまって、自分の任務を放棄《ほうき》したと考えられるかい？」

「平気で嘘をつく女が大勢いることはよくわかるよ、苦い体験からね。でもさ、数こそ少ないけど、純真な女もいる。まるで幼女のように他人を疑ったりしない。いったん心を許した相手は、何があっても信じ抜く。琴姫《クシヒ》がそこまで無垢《むく》かどうかはわからないけどさ、そうした純な女もいるでしょ?」

「二対一で、ぼくの負けみたいだな」

「いや、勝又さんの分析のほうが正しいのかもしれませんよ」

尾津は言った。自分の意見を引っ込める気はなかったが、勝又の指摘も無視できないと思えてきたのだ。

イデオロギーや宗教は、麻薬と同じような力を発揮する。ひとたび信奉したら、背を向けることは困難だ。そうしたことを考えると、勝又主任の意見にはそれなりの説得力があった。

「女遊びをしてきたとは思えない勝又さんが深い分析をしたんで、おれ、びっくりしたよ。もしかしたら、勝又さんは二十代のころにだいぶ高い授業料を払わされたんじゃない?」

「この際《さい》、白状するか。酒場の女たちにはうまいことを言われて、さんざんカモにされたよ。店に通わされただけじゃなく、プレゼントもさせられたね」

「へえ」

「年に三回も誕生日があるホステスが数人いたし、プレゼントしたブランド物の財布を翌日に売った娘《こ》もいたよ。だから、大人の女はあんまり信じなくなったんだ」

「で、〝ももいろクローバーZ〟の熱狂的なサポーターになったわけか。ようやく謎が解けたよ」

　白戸が言って、音をたてて茶を啜《すす》った。勝又と尾津は、ほとんど同時に茶碗を手に取った。

　それから間もなく、能塚がアジトに戻ってきた。

「尾津、万梨恵という源氏名を使ってた女の正体がわかったよ。本名は金琴姫《キムクンヒ》で、満二十九歳だ。北朝鮮の工作員だったよ。二十一歳のときに脱北者を装って中国、モンゴル、ラオスを経由して韓国に亡命してる。ソウルで思想教育を受けて脱北者センターで暮らしていたんだが、十カ月ほど過ぎたころに忽然《こつぜん》と消えてしまったそうだ」

「韓国に潜り込んでる北の工作員が、金琴姫《キムクンヒ》を日本に密入国させたんでしょうね」

「おそらく、そうなんだろう。木下梨華なる女性は実在した。しかしな、ちょうど十年前に謎の失踪をして、未《いま》だに行方がわかっていない。独裁国家の情報機関の人間が本物の木下梨華を拉致したとも考えられるな」

「ええ、そうですね。そして、琴姫《クンヒ》に木下梨華の家族構成や経歴を教え込んで、本人になりすまさせたんだろうな。室長、密入国したと思われる琴姫《クンヒ》はどこでどう暮らしてたんです？」

「大久保ちゃんの直属の部下たちもそこまでは調べ上げられなかったそうだが、琴姫《クンヒ》は品田に操《あやつ》られてる逆スパイだよ。村中は品田のスパイづくりの証拠を握って、稲葉と一緒に脅迫してたんだろう。品田は法律の向こう側で生きてる稲葉を先に抹殺して、次に村中を始末したんじゃないのか。情事の録音音声を使って、まず品田を誘《おび》き出してみよう。品田は、もう登庁してるようだ」

「公衆電話で淫らな音声を聞かせて、どこかに誘い出して追い込んでみましょう」

「その手は悪くないな。よし、それでいこう」

「了解！」

尾津たち三人の部下は声を揃えた。

3

海風が頭髪を乱す。

尾津たちコンビは、東京湾に面した暁《あかつき》ふ頭公園の植え込みの中にいた。間もなく午後八時になる。

公園は埋立地の突端に近い。東京臨海新交通臨海線〝ゆりかもめ〟のテレコムセンター駅は、だいぶ離れている。夜間とあって、園内には人影は見当たらない。

尾津は午後一時過ぎに公衆電話を使って、品田に連絡をした。強請屋に化け、まず情事の録音音声を聞かせた。

品田は絶句した。尾津は、品田が北朝鮮の工作員を二重スパイに仕立てている証拠を押さえていると威《おど》しをかけた。そして、この公園に単独で午後八時までに来なければ、身の破滅だと凄んだ。

品田は指示に従うと約束し、先に電話を切った。外事二課の課長補佐は脅迫に屈した振りをして、正体不明の敵を殺害する気になったのかもしれない。

尾津たちはシグ・ザウエルＰ230をフル装弾にしてあった。品田を誘《おび》き出すまでに七時間も与えたのは、意図《いと》したことだった。

人影のない場所を指定された品田は、誰か助っ人に応援を要請するにちがいないと予想したのだ。品田たちは脅迫者の正体を確認してから、襲撃してくるだろう。

「品田は、どんな付録を連れてくるかね？」

白戸が低い声で問いかけてきた。

「外事二課の部下に助けてもらう気にはならないだろうから、おそらく犯罪のプロを金で雇《ス》うだろうな」

「尾津さん、もしかしたらさ、稲葉と村中を殺《や》った奴が現われるんじゃない？　品田は村中に不正な手で逆スパイを増やしてることを知られ、強請られてたと思われるわけだからね」

「そうなのかもしれないな。品田が稲葉と村中の事件《ヤマ》に関与してても、自分の手を直《じか》に汚したとは考えにくいから」

「そうだね。尾津さん、おれは品田が逃げるかもしれないと少しだけ予想してるんだけど、どう思う？」

「そう予想した理由《わけ》は？」

「品田が第三者に稲葉と村中を片づけさせたんなら、時間の問題で捜査の手が伸びてくるにちがいないと思ったんじゃないか。謎の脅迫者、つまり尾津さんにダブルスパイの件を知られたわけでしょ？」

「そうだな」

「品田は、その件で村中と稲葉に五年も前から強請られてたんだろうから、二つの殺人事件に関与してた事実も暴かれると考え、高飛びする気になってもおかしくないんじゃない？　もしかしたら、金琴姫《キムクンヒ》と一緒に高飛《ジャンプ》びするかもしれないと思ったりしたんだけど……」

「それはないだろう。室長と勝又さんが天現寺にある琴姫《クンヒ》の自宅マンションに正午過ぎから張りついてるが、彼女は夕方まで外出しなかったらしいからな」

「そうだったね。午後六時過ぎに琴姫《クンヒ》は行きつけの美容院でセットしてもらって、七時二十分ごろにいつものように『ワールド』に出勤した」

「能塚さんは、電話でそう言ってた。品田が琴姫《クンヒ》を連れて高飛びする気でいたら、彼女に欠勤させてるにちがいない」

「そうだろうね。いや、待てよ。品田は殺し屋《プロ》に脅迫者を始末させてから、琴姫《クンヒ》と逃げる気なんじゃないのかな」

「品田がそうするつもりだったとすれば、本気で琴姫《クンヒ》に惚れてしまったんだろうな。琴姫《クンヒ》が品田の虜になって逆スパイになったことは、日本に潜ってる北の工作員仲間にもう覚《さと》られてるとも考えられる」

尾津は言った。

「そっか、そうだね。琴姫《クンヒ》は工作員仲間に口を封じられることになるだろうし、ついでに品田も消されそうだな」

「白戸、本当に成長したな。いい強行犯係になりそうだ」

「ヨイショしても、何も出ないよ」

「別に白戸を煽《おだ》てたわけじゃない。本当にそう思ったんだ。以前のおまえに殺人事案の捜査は無理かもしれないと思ってたんだが……」

「えっ、そんなふうに思ってたわけ⁉　知らなかったな」

「元暴力団係《マルボウ》刑事だから、軽く見られたくなかったんだと思うが、ベテランの強行犯係みたいにいっぱしのことを言ってたじゃないか」

「そうだったっけ？」

「この野郎、とぼけやがって。先輩たちを差し置いて、自信たっぷりな物言《ものい》いをしてた。しかし、その推測の多くはピント外れだった。でも、最近はちゃんと筋を読めるようになったよ」

「そう？」

「今回も、おまえの読みは当たってそうだ。品田は強請屋を装ったおれを第三者に始末させてから、琴姫《クンヒ》と国外に逃亡する気なのかもしれないな」

「そうなのかな。尾津さん、おれは暗がりに隠れてるから、そろそろ……」

白戸が促《うなが》す。

尾津は灌木《かんぼく》を縫《ぬ》い、遊歩道に出た。シグ・ザウエルP230の銃把《グリップ》を握りながら、公園の中央まで歩く。

立ち止まったとき、闇の奥から人影がぬっと現われた。

「品田だな？」

尾津は確かめた。

「そうだ。おたくの狙いは何だ？　金が欲しいのか？」

「金には興味がない」

「何を考えてるんだっ」

相手が立ち止まった。数十メートル先だった。

尾津は目を凝らした。たたずんでいるのは、紛れもなく品田陽次だった。

「なんでもっと近づかない？」

「近づきすぎると、危険だからな。刃物で心臓を一突きされるかもしれないし、至近距離から撃たれる可能性もあるじゃないか」

「公安刑事は用心深いんだな」

「他人《ひと》はすべて疑うことにしてるんでね。おたくの要求を聞こうじゃないか」

「こっちの正体を突きとめてから、隠し持ってる拳銃《ハンドガン》の引き金を絞る気らしいな」

「わたしは丸腰だ。小型護身銃も携行してないよ」

「あんたの言葉を鵜呑《うの》みにするほど甘くないぜ」

尾津はショルダーホルスターからピストルを引き抜き、安全弁を外した。

「撃ち合う気があるなら、ポケット・ピストルを出せよ。もう少し近づかないと、弾道が逸《そ》れて標的には命中しないぞ」

「わたしは本当に丸腰だよ。おたく、まさか北の工作員じゃないだろうな?」

「おれは、金琴姫《キムクンヒ》のスパイ仲間じゃない。日本人だ」

「言葉のアクセントは変じゃないが……」

品田が闇を透《す》かして見た。

「こっちは、ひとりで待ってたんだ。仲間はどこにも潜んでないよ。それに、おれが北の工作員なら、とっくに琴姫《クンヒ》を片づけてるさ。彼女はそっちに抱き込まれて、逆スパイになったわけだからな」

「わたしは彼女を利用したことになるが、目を覚ましてやったんだ。琴姫《クンヒ》は子供のころから思想的に洗脳されて、優秀な諜報員になった。だから、脱北者になりすまして亡命した韓国から日本に密入国し、失踪したまま安否もわからない木下梨華になったんだよ」

「そのことはわかってるが、密入国してから琴姫はどんな暮らしをしてたんだ？」

「韓国からの密航者と称して、東上野や川崎《かわさき》のコリアンタウンの物産店や喰《く》い物屋で働いた後、あちこちの韓国クラブで働いてから『ワールド』に入ったわけさ」

「話をつづけてくれ」

「わたしは琴姫《クンヒ》が北の潜入工作員だと見抜き、彼女をダブルスパイにした。琴姫《クンヒ》は自分が洗脳されていたことに気づいてからは、わたしに進んで協力してくれたよ」

「琴姫《クンヒ》と接触しつづけてるうちに、二人は本気で惹《ひ》かれ合うようになったようだな？」

「その通りだよ。わたしは北から日本に送り込まれた女性工作員を何人も逆スパイにしたんで、外事二課の課長補佐になれた。ノンキャリアとしては、異例の昇格だった。嬉しかったよ」

「スパイづくりは公安刑事の仕事だ。しかし、そっちは若い女工作員をセックスの虜にした。毎朝日報の遊軍記者の村中はあんたの任務内容を妻子にバラすぞと稲葉組の初代組長と一緒に脅迫してきた。あんたは口止め料を払うほかなかった。やくざの稲葉はだんだん口止め料を高く要求するようになった。それだから、四年前の三月五日に第三者に稲葉を殺させたんじゃないか。そして先日、長いこと金をせびってた村中も誰かに撲殺させたんだろう？」

「わたしは、二人の死にはタッチしてないよ。誰にも稲葉と村中を殺《や》らせてなんかいない。嘘じゃないんだ」

「往生際が悪いな。一発、見舞うほかないか」

「おたくは勘違いしてる」

「どういうことなんだ?」

尾津は早口で訊いた。

「わたしは村中に北朝鮮の潜入工作員たちをダブルスパイに仕立てたことを知られて、二人に脅迫されたが、金は一銭もたかられなかったんだ」

「なんだって⁉」

「本当なんだよ。わたしは、村中たち二人に恐喝代理人になることを強《し》いられたんだ。わたしは言いなりになるほかなかった」

「村中と稲葉はあんたをダミーにして、どこの誰を強請ってたんだ?」

「日本の防衛産業だよ」

品田が口を割った。

日本の防衛産業の生産額は現在、二兆千数億円だ。防衛予算の推移を見ると、二〇〇二年の四兆九千三百九十二億円がピークだった。その後は右肩下がりに予算が減少し、二〇一二年が底だった。翌年になって十一年ぶりに増加し、四兆六千八百四億円になった。

二〇〇三年度以降、防衛予算は頭打ちで国内の生産基盤は揺らいでいる。最大手の三菱《みつびし》重工業は戦車、戦闘機、潜水艦、地対空誘導弾など幅広く製造しているが、二〇一一年度の契約額は二千八百八十八億円に留《とど》まる。売上高は二兆八千二百九億円だが、粗利《あらり》ははるかに少ない。

地対空誘導弾やレーダーを納入している東芝《とうしば》の売上高は六兆一千三億円、機雷探知機を手がけている日立《ひたち》製作所は九兆六千六百五十八億円だ。売上高一兆円以上のメーカーはほかに川崎《かわさき》重工業、三菱電機、NEC、富士通《ふじつう》、IHI、コマツ、JXホールディングスなどがあるが、純利益はさほど多くない。

生産額は二兆円程度だが、裾野は広い。10式戦車を例に取ると、部品メーカーは約千三百社に及ぶ。アメリカと共同開発したF2戦闘機の関連企業は、およそ千五十社だ。

しかし、業界の世界ランキングでは最大手の三菱重工でも二十五位にすぎない。日本の防衛産業全社の売上高も首位の米ロッキード・マーチンの年商よりも低いことになる。

それでも、日本の最先端の技術や新素材は外国から高く評価されている。

たとえば新明和《しんめいわ》工業が製造している海上自衛隊の救難飛行艇『US－2』は、波高三メートルの荒波の海上でも離着水可能だ。価格は百二十三億円と安くはないが、海外の政府や民間会社に高く評価されている。

航続距離がヘリコプターの約五倍の四千五百キロメートルに達することから、インドは民間機に転用するようだ。

潜水艦もエンジンの静粛性や水中音波探知機《ソナー》の性能の高さが買われ、オーストラリアなどが技術の導入を検討中だ。防衛用の技術が汎用品《はんようひん》に転用されるケースも増えているが、日本の業界は苦戦している。

防衛費が長い期間にわたって減少したことで、防衛産業から撤退した中小企業は二〇〇三年以降で百社を超えた。生き残りを図るため、納入品の検査データを改竄《かいざん》した中堅メーカーが出てきたことは事実だ。

防衛省に納入を認められなかった銃器などが不正に国外に流れているのではないかという告発ルポを尾津は数年前に読んだ記憶があるが、まったく根拠のないことではないだろう。大手十社も十年近く低迷してきたわけだから、中小メーカーはサバイバルゲームで疲れきっているのではないか。

「村中と稲葉は防衛産業の不正の証拠を握って、あんたに自分らの代わりに脅迫させたんだな？」

「…………」

「肯定の沈黙だな。その企業名を教えてもらおうか」

「社名を言ったら、わたしは消されてしまうだろう」

「何か不正をやってた防衛産業が刺客を放つかもしれないと言うんだな」

「それも考えられるが、防衛省の高官が殺し屋を……」

「防衛省の偉いさんが防衛産業から賄賂を貰って、不正に目をつぶってたんだなっ」

尾津は声を高めた。

品田は黙り込んだままだった。否定しなかったのは、図星だったからだろう。

「あんたを撃つ！　急所は外してやるが、おれは引き金を絞る。威《おど》しじゃないから、覚悟するんだな」

「撃たないでくれーっ。社名は言えないが、ヒントをやる。それで、勘弁してくれないか」

品田の声は震えを帯びていた。戦慄《せんりつ》に取り憑《つ》かれたようだ。

「ヒントとやらを喋ってみろ」

「ある準大手メーカーは四十年以上も前から自衛隊の機関銃を製造してるんだが、一九七〇年代から性能テストのデータを改竄して納品しつづけたんだ。具体的に言うと、発射速度や耐久性の数字を実際よりもアップしてたんだよ。その会社は五・五六ミリと七・六二ミリの機関銃、十二・七ミリの重機関銃を毎年数千から約五千挺納入してるんだが、そのうちの何割かは基準の性能を満たしてなかったんだ。機関銃の試射データを改竄して、〝不良品〟も防衛省に納めてたわけさ。それも、数年前からじゃない。四十年も前からなんだよ」

「防衛庁時代から高官たちは機関銃メーカーと癒着してたんだろう。ひどいもんだな」

「そうだね、まったく。村中は機関銃メーカーと高官の贈収賄の物証を押さえ、稲葉とつるんで双方から口止め料を脅し取ってたんだ。といっても、二人は表には出ないで恐喝代理人に汚れ役を押しつけてたんだ」

「ダミーにされた奴は、村中か稲葉のどちらかに弱みを握られてたんだろう」

「そうにちがいないよ。わたしの前に数人はダミーがいたようだが、その連中のことは知らないんだ。わたしは琴姫《クンヒ》と親密になったことを脅迫材料にされて、村中に恐喝代理人になることを強要されたんだよ」

「おたくの言った通りなら、そのときは稲葉は何者かに射殺されてたわけだから……」

「わたしは稲葉には会ったこともないんだ。その組長のことは村中から聞かされたんだよ。だから、わたしが稲葉を誰かに始末させたなんてことはあり得ない」

「そうなるな。村中が稲葉と何かで揉めて、第三者に殺させたんじゃないのか？」

「そうじゃないと思うよ。機関銃メーカーか防衛省高官の一方が殺し屋に稲葉と村中を葬らせたんじゃないかな。村中は稲葉が生きてるときに双方から計三億円はせしめてたとうそぶいてたからね。稲葉が殺されてからも、あのろくでなし記者は何人かのダミーを使って機関銃メーカーと防衛省の高官から、多額の口止め料をせしめてた。わたしがたかった分だけで、一億三千万円になるんだ」

「そうか」

「村中がふと洩らしたことなんだが、機関銃メーカーは基準性能よりも大きく下回ってた欠陥品を中東やアフリカで内戦や民族紛争をやってる国々に不正輸出したり、キューバやイラン経由で中国や北朝鮮に核ミサイルの部品を迂回《うかい》輸出してるらしいよ」

「新たな弱みを知られたら、機関銃メーカーは恐喝代理人のあんたを先に抹殺しそうだな」

「わたしがダミーであるとメーカーは見抜いてたんじゃないのかな。真の脅迫者が村中と知ってたんで、こないだ犯罪のプロに片づけさせたんだと思うね」

「そのへんのことは、こっちが調べる。おたくは機関銃のメーカー名と防衛省高官の名を言うんだっ。喋らなきゃ、発砲するぞ！」

尾津はシグ・ザウエルP230を両手で保持した。銃身が固定された。尾津は引き金《トリガー》に人差し指を深く巻きつけた。

そのとき、品田陽次の体が横に吹っ飛んだ。

銃声は轟かなかったが、被弾したことは明らかだった。尾津は倒れた品田に駆け寄った。側頭部を撃たれている。微動だにしない。

闇から凶弾が疾駆《しっく》してきた。銃弾の衝撃波が一瞬、聴覚を奪った。弾は後方に流れた。

「尾津さん、怪我は？」

白戸が拳銃を構えながら、植え込みの奥から躍《おど》り出てきた。姿勢を低くして、右手の暗がりに目をやっている。

「ここは頼むぞ」

尾津は白戸に言って、中腰で走りだした。

銃弾はどこからも飛んでこない。品田を撃った加害者は逃げる気になったのだろう。

尾津は全速力で駆けた。前髪が逆立《さかだ》つ。尾津は遊歩道を走り抜けて、公園の向こう側の道路に飛び出した。

そのとき、黒っぽいRV車が急発進した。

尾津は猛然と追った。しかし、瞬《またた》く間に大きく引き離された。RV車のナンバープレートは外されていた。

覆面パトカーのスカイラインは、数百メートル離れた路上に駐めてあった。尾津はRV車を追うことを諦め、公園の中に戻った。

「品田はもう生きてないよ。サイレンサー・ピストルで狙撃されたことは間違いない。犯人《ホシ》は殺し屋《プロ》っぽいね」

「そうだろうな。加害者は、仲間が運転するRV車で逃走した。ナンバープレートは外されてたから、機関銃メーカーか防衛省高官に雇われた刺客なんだろう」

「尾津さん、どういうことなの？　品田は何を喋ったんだい？」

白戸が問いかけてきた。

「話は後《あと》だ。まず能塚さんに報告しないとな」

「そうだね」

「こんな展開になるとは、予想もしてなかったよ」

尾津は拳銃をホルスターに戻すと、すぐに室長の能塚の携帯電話を鳴らした。経過をかいつまんで話す。

「思いがけないことになったな。『ワールド』に入って金琴姫《キムクンヒ》に品田が死んだことを話し、任意で同行を求めるよ」

「わかりました」

待った。

「尾津、事件通報して初動捜査に協力してくれ」

能塚が通話を切り上げた。尾津は一一〇番通報して、白戸と捜査車輌と鑑識車の到着を待った。

サイレンの音が遠くから聞こえたとき、能塚から尾津に電話があった。

「琴姫《クンヒ》が店のトイレでカプセル入りの毒物を口に含んで死んだ。任意同行を求めたら、手洗いに逃げ込んでカプセルを嚙み砕《くだ》いたんだ。喉のあたりを数十秒掻き毟《むし》って、じきに息絶えたんだよ。毒物は青酸カリだろう」

「なんてことなんだ」

「警察に見つかったことよりも、琴姫《クンヒ》は品田が死んだことでショックを受けたんだろうな。で、発作的に後を追う気になったのかもしれない。二人の出会いは不純だったが、魂が触れ合ってたと思ってやろうじゃないか。国家に振り回された女がなんか哀れでな」

「琴姫《クンヒ》は惚れた男ができたんで、人間らしさを取り戻したんでしょう。細かい報告は後ほど……」

尾津は終了ボタンを押した。

4

Nシステムでは逃走車輛は捕捉《ほそく》できなかった。

ナンバープレートのない車は前夜、一台も都内の幹線道路を通過していない。品田を射殺した犯人を乗せたRV車は暁ふ頭公園から数キロ走って、ナンバープレートを取りつけたのだろう。

尾津は分室の自席で、品田の私物のスマートフォンを操作していた。きのう湾岸署と本庁機動捜査隊初動班の面々が臨場する直前、品田の懐から抜き取ったのである。少し後ろめたかったが、恐喝代理人を強《し》いられた品田が脅迫した相手を早く知りたかった。

村中と稲葉に強請られていた防衛産業と防衛省高官はスマートフォンの発信履歴から、造作なく割り出すことができた。試射データを四十年も前から改竄していた機関銃メーカーは、協栄《きょうえい》重工業だった。

恐喝代理人だった品田は、井関真《いぜきまこと》副社長に幾度も電話をかけていた。また、撃ち殺された公安捜査官は防衛省の高梨勉《たかなしつとむ》事務次官にも連絡を取っていた。井関と高梨は、どちらも五年以上も前に現在のポストに就《つ》いている。

強請られていたのは、その二人にちがいない。防衛省の事務方のトップの高梨は、試射で欠陥のあった機関銃の納入も認め、協栄重工業から金品を受け取っていたのだろう。

チームの四人は登庁するなり、高梨事務次官の個人資産を調べ上げた。五十五歳のキャリア官僚は、自分名義では目黒区内にある戸建て住宅しか所有していなかった。

だが、妻名義で都心の億ションを購入し、軽井沢《かるいざわ》と下田《しもだ》に別荘を持っている。事務次官はエリートだが、大企業の重役や中小企業のオーナー社長ではない。それほど高額の俸給は得てないはずだ。

不動産の購入資金は、協栄重工業から提供されたことは間違いない。収賄容疑で立件できるだろう。

贈賄側の機関銃メーカーも立件可能だ。会社ぐるみの犯罪だろう。六十歳の井関副社長ひとりが悪いわけではないが、汚職に連座した罪は免れない。

「協栄重工業は四十年も前から陸自《りくじ》に五・五六ミリと七・六二ミリ機関銃、海自《かいじ》には一二・七ミリ重機関銃、空自《くうじ》にはバルカン砲や二〇ミリ対空機関砲を納入してたんだね。尾津君、協栄重工業は防衛庁時代から、納入先とずぶずぶの関係だったにちがいないよ」

協栄重工業のホームページを覗き込んでいた勝又主任が、大声で言った。

「ええ、そうでしょうね。協栄重工業は長年、自衛隊の機関銃を製造してきたわけですから、防衛省に喰わせてもらってると言っても過言じゃないでしょう」

「そうだね。武器の採否は歴代の事務次官が決めてきたんだから、協栄重工業はずっと袖の下を使ってきたんだろう。納入業者との癒着は昔からあったんだろうけど、欠陥機関銃に目をつぶっちゃ駄目だ。試射データの改竄を知りながら、各種の機関銃を引き取るのは国民を馬鹿にしてるよ。断じて赦《ゆる》せないな」

「勝又さんの言う通りですね」

「高梨事務次官と井関副社長は品田はダミーの脅迫者と見抜いて、誰かに黒幕を調べさせたんじゃないか。で、村中と稲葉の存在を知ったんだろう。それで昨夜《ゆうべ》、陸自のレンジャー隊員か誰かにサイレンサー・ピストルで射殺させたんだと思うよ。機捜初動班の情報によると、凶器はロシア製のマカロフＰｂだそうじゃないか。自衛隊関係者なら、消音器一体型の拳銃は入手可能だろうね」

「勝又、せっかちになるな」

能塚室長が自席で口を開いた。

「ぼくの筋読み、変ですか？」

「品田がマカロフＰｂで撃ち殺されたからって、犯人《タマ》が自衛隊関係者と思い込むのはどうかな。自衛官の多くはロシア嫌いだ」

「ま、そうでしょうね」

「アメリカ、イタリア、オーストリアあたりの自動拳銃を選ぶんじゃないか。それに数は多くないが、裏社会にマカロフPbも出回ってる。白戸、そうだよな？」

「そうだね。二十発の実包付きでマカロフPbは百五十万以上で売買されてるから、下っ端のヤー公は入手しにくいだろうな。けど、幹部クラスなら、買えると思うよ」

「おまえは、暴力団関係者が品田を殺《や》ったと読んでるのか？」

「そうなのかもしれないよ。あるいは、傭兵《ようへい》崩れかな。暗い公園で品田を一発で仕留《しと》めたんだから、射撃の腕は悪くないはずだ」

「だろうな。実射体験が多いとなると、元傭兵が臭いか」

「とは限らないよ。韓国、フィリピン、グアム、ハワイといった近場で民間人も射撃場《シューティング・レンジ》で各種のハンドガンを撃てるからね」

「そうだな。しかし、素っ堅気の犯行《ヤマ》じゃないだろう」

「と思うよ。裏社会の人間が高梨事務次官か、協栄重工業の井関副社長に品田の始末を依頼されたんじゃねえのかな。そいつは四年前に稲葉組の先代組長を片づけて、先日、村中も殺《や》ったのかもしれない」

「そうなんだろうか。稲葉はコルト・ディフェンダーで射殺されて、村中はゴルフクラブで撲殺された。品田は昨夜、マカロフPbで撃ち殺されたんだよな」

「そうだね」

「同一犯による殺人《コロシ》なら、同じ凶器を使いそうだがな」

「室長、同じ手口だったら、割り出されやすいでしょうが？　だから、わざと犯人《ホシ》は手口を変えたんだと思うね」

「そこまで悪知恵があるんだったら、一連の事件《ヤマ》は前科者の仕業《しわざ》っぽいな。きのうの事件の初動捜査で大久保ちゃんが機捜初動班から新たに何か聞いてるかもしれないな。ちょっと本家に行ってくる」

　能塚が誰にともなく言い、分室から出ていった。尾津は品田のスマートフォンを机上に置いて、セブンスターに火を点けた。

「きのう、尾津さんが機捜初動班や所轄署の連中が来る前に品田の私物のスマホを無断拝借したんで捜査が前進したんだよな。さすがだね。品田が私物のスマホで、村中が強請ってた相手に連絡してるんじゃないかととっさに判断したんだからさ」

「そうだが、別に感心するようなことじゃないだろうが。たいがいの刑事《デカ》はそう考えるが、ルール違反だからな。手がかりになりそうな物をこっそり抜いたりしないと思うよ。しかし、おれは優等生じゃないから、反則行為にはそれほど抵抗がない。ちょっぴり後ろ暗いがな」

「とにかく、捜査が進んでよかったよ。さっきウィキペディアで協栄重工業の井関副社長の顔写真を見たんだけど、好色そうな面《つら》してた。絶対に若い愛人《レコ》がいるな」

「好色漢同士だから、同類はすぐわかるってわけだ？」

「ま、そうだね。協栄重工業の本社に乗り込んで井関を詰問しても、何も吐かないと思うよ。けど、下半身スキャンダルを知られたら、それなりの社会的地位を得た奴らは焦《あせ》るはずだ」

「だろうな」

「室長の許可を取って、尾津さんとおれは井関をマークしてみない？　高梨事務次官のほうは能塚さんと勝又さんに任せてさ」

「そうするか」

「話は違うけどさ、『ワールド』のトイレで青酸カリを服《の》んで自ら死んだ金琴姫《キムクンヒ》のことを考えてたら、きのうの晩はなんか寝つけなかったよ」

「おまえが感傷的になるなんて珍しいな」

「そうなんだけどさ、ごく普通の生活を送ることができなかった女工作員の運命は残酷だよね？」

「そうだな。どんな人間も生まれたときは同じようなもんだが、生活環境や周囲の人たちの影響で人生が大きく変わってしまう。琴姫《クンヒ》が独裁国家以外の民主国家に生まれてたら、幸せな一生を過ごせただろうな」

「そうだね。だけど、人間は親や国を勝手には選べない。独裁者のいる国に生まれたら、好き勝手には生きられないんだろう。平和に暮らしてるだけで恵まれてると思わないとな。おっと、柄にもないことを言っちゃった。おれが口走ったこと、全部、忘れてほしいな」

白戸が恥ずかしそうに言った。尾津は煙草の火を消しながら、頬を緩《ゆる》めた。

「なんか気になるな」

勝又が言って、ノートパソコンから顔を上げた。尾津は主任に顔を向けた。

「どうしたんです？」

「協栄重工業の用心棒《ケツモチ》の与党総会屋グループのことを調べてたんだけど、稲葉組の現組長の黒瀬稔が二十代のころ、そのグループのメンバーだったとわかったんだよ。その後、やくざになって、先代の稲葉組長の舎弟になったんだろうね」

「その与党総会屋グループの名はなんていうんです？」

「『青雲経友《せいうんけいゆう》クラブ』という名で、ボスは千街有恒《せんがいありつね》、八十一歳だね。事務所は中央《ちゅうおう》区の東銀座にある。電話番号もわかるけど……」

「教えてください」

「オーケー」

勝又がゆっくりとナンバーを告げる。尾津は番号をメモし、私物の携帯電話を取り出した。

『青雲経友クラブ』に電話をかけると、若い男が受話器を取った。

「わたし、中村といいます。数十年前、千街さんの下で働いてた黒瀬さんにとても世話になったんですが、ちゃんとお礼を言ってないんですよ」

「そうなんですか」

「そんなわけで、黒瀬さんの消息を知りたいんです。昔からのメンバーの方がいらっしゃったら、替わっていただけますか？」

「千街代表がおりますんで、電話を替わりましょう」

相手の声が途切れ、『ジュピター』のメロディーが流れてきた。八小節の途中で、電話口に千街が出た。

「お忙しいところを申し訳ありません」

「話はスタッフから聞いたよ。黒瀬に恩義があるんだったね？　黒瀬稔のことはよく知ってるよ。見込みのある奴だったんだが、二十六、七のころに関東誠和会の若い衆になっちまったんだ。そんなことで、わたしの許《もと》を離れたんだが、黒瀬にはわたしも借りがあるんだよ」

「どういうことなんでしょう？」

「あいつの父親は、協栄重工業の前会長のお抱え運転手をやってたんだよ。そんな関係で、『青雲経友クラブ』は協栄重工業さんで総会荒らしを退散させる仕事を回してもらったわけさ。黒瀬の父親は何年か前に病気で亡くなったが、息子は協栄重工業さんとはつき合ってるよ。わたしらの手には負えない企業恐喝屋どもを黒瀬が追っ払ってくれてるんだ。稔は稲葉組の二代目組長だから、経済やくざも尻尾《しっぽ》を巻くさ。あの男は律義な奴だから、元会長に父親がかわいがられてたことの恩返しをしてるつもりなんだろうな」

「若いころの黒瀬さんも、とても侠気《おとこぎ》がありました」

「ああ、そうだったな。稔は義理人情を大切にする昔堅気のやくざだよ。先代の組長を実の兄貴のように慕い、とことん尽くしてた」

「そうですか」

「しかし、先代の稲葉組長は女狂いだから……」

「黒瀬さんの奥さんに手をつけたんですか？」

「女房じゃなく、惚れてた女を先代に寝盗《と》られたんだよ。稔はやくざ者は所帯を持つべきじゃないと考えてるんで、結婚歴はないんだ。でも、松居由実《まついゆみ》って彼女を本当に大事にしてたんだよ」

「その方は、いまどうされてるんですか？」

「先代の組長に体を穢《けが》された数日後、群馬かどこかの川で入水《じゅすい》自殺してしまったんだ。遺書はなかったんだが、黒瀬稔は死んだ彼女の友達を訪ね歩いて、自殺の原因を探ったんだよ。松居由実は親友には稲葉に力ずくで犯されたと打ち明けたらしいんだが、先代組長はそれは事実無根だと怒ったそうだ」

「そうですか」

「稔はそれ以上はしつこく追及しなかったらしいが、先代が女好きだったんで、由実が親友に話したことは事実だと確信を深めたようだな。でもな、稲葉組長の強姦を立件するだけの物証はないわけだ」

「ええ。それで、黒瀬さんは死んだ恋人のことで何もしてやれなかったんですね？」

「そうなんだよ。そんな自分が腑甲斐ないって、奴はよく深酒してたな。先代にはいろいろ目をかけてもらってたらしいから、稲葉組長を締め上げるわけにはいかないじゃないか」

「稔は板挟みになって、辛かったと思うよ。しかし、月日が経《た》ったんで、あいつは少しずつ由実のことを忘れるよう努めたんだろうな。そうこうしてるうちに、初代は四年前の三月のある晩、自宅近くの路上で殺されてしまった。で、稔は二代目の組長になったわけさ」

「黒瀬さんは、惚れ抜いてた松居由実さんの無念さを一日も忘れたことはなかったんじゃないでしょうか。そして、もしかしたら……」

尾津は言いさして、口を噤《つぐ》んだ。

「あんた、黒瀬稔が先代の稲葉組長を射殺したんじゃないかと言おうとしたんじゃないのかい？」

「そんなことはないでしょうね」

「ああ、考えられないな。あいつは恩義のある人間を殺《あや》めたりするような男じゃない。歌舞伎町二丁目にある組事務所に行けば、稔にいつでも会えるんじゃないか。稔に会ったら、よろしく伝えてくれよ」

「わかりました」

「あんた、何屋さんなの？」

「そうでしょうね」

「しがないサラリーマンです」

「そうかい。なら、稔はあんたと久しぶりに会っても、組に入れとは言わないだろう。安心して会いに行って、昔話に耽《ふけ》りなさいよ。それじゃね」

千街が電話を切った。

尾津はモバイルフォンを折り畳んで、勝又と白戸に通話内容を喋った。先に口を開いたのは勝又だった。

「稲葉組の現組長は、協栄重工業と接点があったんだね。若いころは『青雲経友クラブ』のメンバーとして株主総会荒らしたちを排除させ、その後も協栄重工業を強請ってる企業恐喝屋たちを追っ払ってるのか」

「四年前に稲葉光輝を射殺したのは、黒瀬稔とも考えられるな」

「白戸君、そうなんだけどさ、確か大久保係長が用意してくれた捜査資料によると、黒瀬の事件当夜のアリバイは崩しようがないんだよな。複数の組員だけじゃなく、行きつけの飲食店の従業員や客たちが稲葉の死亡推定時刻には黒瀬がそばにいたと証言してるからさ」

「そうだったな」

「その連中、黒瀬に頼まれて口裏を合わせてもらったとも考えられるでしょ?」

尾津は、勝又主任に言った。

「ああ、そうだね。恋人を稲葉にレイプされてるとしたら、黒瀬が報復殺人を企《くわだ》ててもおかしくはないな」

「ええ」

「黒瀬は亡父ともども協栄重工業に恩義を感じてた。現に恩返しのつもりか、現組長は協栄重工業を強請ってた企業恐喝屋たちを追っ払ってるという話だから、稲葉を四年前に片づけた疑いはあるね」

「殺害動機はあります」

「ただ、ごろつき記者の村中と恐喝代理人の品田陽次まで手にかけたんだろうか。やくざの黒瀬が凄みを利かせれば、村中も品田もビビるでしょ？」

「これは推測の域を出ないんですが、村中は稲葉が死んだ後、協栄重工業が欠陥機関銃を中東やアフリカの内戦中の国々に不正輸出してる決定的な証拠を押さえ、恐喝代理人の品田を通じて巨額の口止め料を要求してたのかもしれません。拒めば、毎朝日報で暴露される心配もあるでしょ？」

「そうだね。黒瀬はもう威《おど》しは利かないと判断して、村中と品田を葬《プロ》ったんだろうか」

「そうとも考えられますが、村中と品田の二人は殺し屋に始末させたのかもしれません」

「どちらなんだろうね。ぼくらが二班に分かれて、高梨事務次官と協栄重工業の井関副社長をマークしてれば、一連の事件の真相に迫れそうだな」

「そうだと思います。その前に、おれと白戸は黒瀬をちょっと揺さぶってみます」

「尾津君、それは危険だよ」

勝又が反対した。

「丸腰で組事務所に乗り込むわけじゃないんですから、心配ありませんよ」

「しかし……」

「何かあったら、応援を要請します」

尾津は椅子から立ち上がって、相棒の白戸に目配せした。白戸が自席を離れる。

二人は分室を出て、地下三階の車庫に下《くだ》った。午前十一時数分過ぎだった。

白戸がスカイラインを走らせはじめた。サイレンを鳴らしながら、新宿歌舞伎町に急ぐ。

稲葉組の事務所に着いたのは、およそ三十分後だった。

応対に現われた若い組員に尾津たちは身分を明かし、黒瀬に面会を求めた。相手が内線電話をかける。遣《や》り取《と》りは短かった。

尾津たちは最上階に上がり、組長室に入室した。黒瀬は長椅子に坐り、コルト・ディフェンダーを構えていた。

尾津と白戸は、ほとんど同時にシグ・ザウエルP230のグリップに手を掛けた。だが、どちらも拳銃は引き抜かなかった。

「その拳銃で、あんたが稲葉を射殺したんだな？」

尾津は、黒瀬に訊いた。

「そうだ。先代は、おれの大切な女性《ひと》を自殺に追い込んだんでね。ずっと仕返しをするチャンスを狙ってたんだよ」

「松居由実さんは、かけがえのない恋人だったんだろうな」

「千街さんに電話をかけたのは、やっぱり尾津さんだったか。いずれ、ここに来ると思ってたよ」

「村中と品田を始末したのも、あんたと考えてもいいのか？」

「その二人を殺《や》ったのは、知り合いの殺し屋だよ。元自衛官の破門やくざで光石《みついし》って三十代の男だが、潜伏先は教えられないね。協栄重工業の井関副社長に泣きつかれて光石の手を汚させたんだが、逃がしてやりたいんでさ」

「村中は防衛省の事務次官と機関銃メーカーの癒着ぶりを恐喝材料にして、稲葉とつるんで双方から口止め料をせしめてたんだな？」

「そうだよ。先代が死んで、しばらくはおとなしくしてたが、今年に入って、村中は協栄重工業がシリアの政府軍に少しばかり耐用性の落ちる機関銃を不正輸出してたことを調べ上げ、公安刑事の品川をダミーの窓口として使い、一億三千万円の口止め料を要求したらしいんだ」

「機関銃を不正輸出したのはシリアの政府軍だけじゃないはずだ。中国、北朝鮮、アフリカの国々にも……」

「そこまで調べ上げてたか。凄腕だね」

「コルト・ディフェンダーをコーヒーテーブルの上に置いてもらおうか」

「そうはいかないな」

黒瀬が言うなり、発砲してきた。放たれた銃弾は頭上を掠《かす》めて、後方の壁に当たった。

尾津は身を屈《かが》め、素早く撃ち返した。黒瀬が右肩に被弾して、コルト・ディフェンダーを床に落とした。

「尾津さん、見て！」

白戸が後ろの壁を指さした。着弾箇所は天井に近い壁だった。黒瀬は本気で刑事を撃つ気はなかったのだろう。

「急所を狙ってほしかったね。あの世があるとしたら、由実に会えるかもしれないと思ってたのに……」

　黒瀬が傾いた上体をまっすぐに起こし、寂しげな笑みを浮かべた。

「稲葉は女狂いの糞野郎だったんだろうが、一応、人間だったんだ。それなりの償《つぐな》いは必要だろう」

「そうだね。あいつは人間だったんだよな」

「救急車を呼んでやる」

　尾津は拳銃をホルスターに収め、白戸に合図した。

　白戸が携帯電話を懐から取り出す。

　尾津は、たなびく硝煙を払った。

著者注・この作品はフィクションであり、登場する人物および団体名は、実在するものといっさい関係ありません。

一〇〇字書評

組長殺し

切り取り線

購買動機（新聞、雑誌名を記入するか、あるいは○をつけてください）	
□（　　　　）の広告を見て	
□（　　　　）の書評を見て	
□ 知人のすすめで	□ タイトルに惹かれて
□ カバーが良かったから	□ 内容が面白そうだから
□ 好きな作家だから	□ 好きな分野の本だから

・最近、最も感銘を受けた作品名をお書き下さい

・あなたのお好きな作家名をお書き下さい

・その他、ご要望がありましたらお書き下さい

住所	〒				
氏名		職業		年齢	
Eメール	※携帯には配信できません		新刊情報等のメール配信を 希望する・しない		

この本の感想を、編集部までお寄せいただけたらありがたく存じます。今後の企画の参考にさせていただきます。Eメールでも結構です。

いただいた「一〇〇字書評」は、新聞・雑誌等に紹介させていただくことがあります。その場合はお礼として特製図書カードを差し上げます。

前ページの原稿用紙に書評をお書きの上、切り取り、左記までお送り下さい。宛先の住所は不要です。

なお、ご記入いただいたお名前、ご住所等は、書評紹介の事前了解、謝礼のお届けのためだけに利用し、そのほかの目的のために利用することはありません。

〒一〇一－八七〇一
祥伝社文庫編集長　坂口芳和
電話　〇三（三二六五）二〇八〇

祥伝社ホームページの「ブックレビュー」からも、書き込めます。

http://www.shodensha.co.jp/bookreview/

祥伝社文庫

組長殺《くみちょうごろ》し　警視庁迷宮捜査班《けいしちょうめいきゅうそうさはん》

平成26年3月20日　初版第1刷発行

著　者　南《みなみ》　英男《ひでお》
発行者　竹内和芳
発行所　祥伝社《しょうでんしゃ》
東京都千代田区神田神保町3-3
〒101-8701
電話　03（3265）2081（販売部）
電話　03（3265）2080（編集部）
電話　03（3265）3622（業務部）
http://www.shodensha.co.jp/

印刷所　堀内印刷
製本所　関川製本
カバーフォーマットデザイン　芥　陽子

Printed in Japan ©2014, Hideo Minami ISBN978-4-396-34019-3 C0193